Wilhelm Deecke

Wilhelm von Bippen

Ein Lebensbild

Wilhelm Deecke

Wilhelm von Bippen
Ein Lebensbild

ISBN/EAN: 9783743633636

Hergestellt in Europa, USA, Kanada, Australien, Japan

Cover: Foto ©Raphael Reischuk / pixelio.de

Weitere Bücher finden Sie auf **www.hansebooks.com**

Wilhelm von Bippen.

Ein Lebensbild

von

W. Deecke.

Weimar
Hermann Böhlau
1867.

Die Familie von Bippen stammt aus Westfalen und wird in dortigen Urkunden des 17. Jahrhunderts mehrfach erwähnt¹). Das Pfarrdorf gleiches Namens im Amte Fürstenau, Fürstenthum Osnabrück, existirte schon 1250²), ja die Kirche ist vielleicht 990 geweiht worden³). So wäre es nicht unmöglich, daß der Name auf den der fränkischen Pippine zurückzuführen ist, die auch in anderen Gegenden⁴) in Burg- und Dorfnamen das Andenken ihrer Heerfahrten verewigt haben.

Johann Jobst von Bippen folgte gegen Ende des 17. Jahrhunderts dem großen Wanderzuge des westfälischen Adels nach der Ostsee⁵) und ließ sich in Curland nieder, wo

---

¹) z. B. Leonhard von Bippen, Stadtsecretär in Minden, in Wippermann Regesta Schaumburgensia. Cassel 1853 p. 265.

²) Stüve Geschichte des Hochstifts Osnabrück. 1854 p. 82.

³) Falcke trad. Corb. bei Justus Möser Osnabr. Geschichte. Berlin 1780 II. 16.

⁴) z. B. in der Schweiz, Oberbaiern, im Mülsumer Moor rc. s. Hormayr Lebensbilder. 1845. I. Als Bippen sich 1855, halb im Ernst, halb im Scherz, ein Wappen componirte, nahm er den Streithammer Carl Martell's, seines Lieblingshelten, hinein, nebst Theilen des Osnabrückischen und Berner Wappens, wegen der Burg Bipp (Castrum Pippini) und der Orte Ober- und Nieder-Bipp im Canton Bern.

⁵) A. Fahne die Westfalen in Lübeck. Köln 1855. Die erste Matrikel der kurländischen Ritterschaft zählte 1620 unter 94 Mitgliedern 34 geborne Westfalen.

er Gerichtsvogt zu Mitau wurde. Von dort hat sich die Familie in russischen und dänischen Kriegsdiensten ausgebreitet. Ein Urenkel jenes Johann Jost dagegen, Daniel von Bippen, geboren zu Pernau in Liefland, widmete sich dem Kaufmannsstande und wurde 1803 durch seine Handelsverbindungen nach Lübeck gezogen, wo er ein selbstständiges Geschäft gründete und sich, in zweiter Ehe, mit Magdalena Elisabeth Rohlfien, aus einer alten lüb'schen Familie, vermählte, welcher Ehe vier Kinder entsproßten, deren zweites, am 8. April 1808 geboren, unser Wilhelm von Bippen war. Von zarter Constitution, so daß anfangs für sein Leben gefürchtet wurde, entwickelte er sich jedoch bald allerliebst und wurde ein bildhübscher Junge. Das Wohnhaus der Eltern, ein altes lüb'sches Kaufmannshaus mit großer steingepflasterter Diele, ausgedehnten Böden und Lagerräumen und einem kleinen Hof und Garten, bot den Kindern den schönsten Platz zu gesunder Entfaltung der Körperkräfte im muntern Spiele dar. Auch die geistigen Fähigkeiten des Knaben müssen sich früh entwickelt haben, da noch spät die Erinnerungen des Mannes bis ins zweite Jahr zurückreichten. „Ein Sommernachmittag voll Sonnenschein", schreibt er in den Aufzeichnungen aus seinem Leben, „eine schattige Lindenallee und in derselben lustwandelnde alte freundliche Herren, deren Haar, Halstuch, Weste und Thonpfeife von gleich blendender Weiße waren, vor dem Gartenhause am runden Theetisch alte und junge Damen, plaudernd und lachend, ich selbst von Arm zu Arm getragen, Alles freudig anstaunend, aber im behaglichen Beschauen nicht selten durch Küsse, Liebkosungen und Schmeichelworte unterbrochen — das ist meiner Kindheit frühester Erinnerungstraum." Vom zweiten Weihnachtsfeste erinnerte er sich noch als des liebsten Geschenkes eines feuerroth gemalten Holzklotzes, der auf vier dünnen weißen Stäben schwebte, mit zwei stachelförmigen Anhängseln gekrönt war und einen Ochsen vorstellen sollte. Auch entsann er sich dabei der ersten Regung frei erwachter Selbstthätigkeit, indem er mit einer alten Papierscheere unter Beistand der älteren Schwester das Unthier glücklich in eine kopflose Mißgeburt umformte[1]). Dem nächsten Frühjahr gehört eine lieblichere Erinnerung an, die das frühe Erwachen religiösen Gefühls in seiner Brust kennzeichnet. „Mit meiner Schwester Emma", schreibt er, „an einem sonnenhellen Frühlingsmorgen vor dem langgestreckten Erdbeerenbeete unseres Gärtchens stehend, erfuhr ich zu meiner freudigsten Ueberraschung, daß alle die kleinen weißen Blümchen einst süße rothe Früchte werden sollten und daß der gute Gott es sei, der in seiner Liebe dieses Wunder für uns bereite. Und als ich nun in kindlicher Weise nicht müde wurde, das Schwesterchen nach Gottes Wesen und Wohnung auszufragen, da durchzuckte mich der noch jetzt nachzitternde Schauer heiligen Staunens, als der Begriff — nein, das Gefühl der Allgegenwart Gottes in mein Herz einzog. Seit jenem Augenblick empfand ich Gott, lebte ich in unauflöslicher Gemeinschaft mit ihm, und glich auch sein Bild in mir dem alten weißbärtigen Bettler, der im grauen Wollenkittel am Thore zu stehen pflegte, so war es darum ein um so lebendigeres und schwebt mir noch heute in edler Hoheit vor Augen."

Während so der Knabe in unschuldvoller Kindheit heran-

---

[1]) Vielleicht war dies ein sog. lübscher Ochse, ein nationales Spielzeug, das um Weihnacht in allen Größen nebst einem entsprechenden hölzernen Beil verkauft wird, vermittelst dessen es im Laufe des Jahres zertrümmert werden soll.

wuchs und die edlen Keime seines Geistes sich ahnend regten und zum Bewußtsein emporstrebten, wurde die Welt draußen von den gewaltigen Kriegsstürmen der Napoleonischen Zeit erschüttert, in die auch seine Vaterstadt hineingerissen war. Die großen Geschicke der Zeit sollten nur zu bald auch in Bippen's häusliches Glück ihre finsteren Schatten werfen und es ganz zu zerstören drohen. Lübeck war schon 1806 wenige Wochen nach der Jenaer Schlacht von den Franzosen, die den flüchtenden Blücher verfolgten, erstürmt und auf die schmachvollste Weise geplündert worden. Die Stadt blieb im dauernden Besitze der fremden Zwingherrn und wurde sogar 1810 dem französischen Kaiserreiche einverleibt. Nach einigen Jahren üppigen Ueberflusses im Anfang des Jahrhunderts wurde die Stadt jetzt auf's härteste geprüft; außer den fast unerschwinglichen Contributionen litt sie durch gänzliche Stockung des Handels, die den Verdienst langer Zeiten verzehrte und den ererbten Wohlstand zahlreicher Häuser vernichtete. Am meisten aber wurden die neu gegründeten, aufstrebenden Geschäfte betroffen, darunter auch das Daniel's von Bippen, um so mehr, da er vorzugsweise mit englischem Steingut handelte. Er faßte daher, als seine Bedrängniß auf's äußerste wuchs, mit schwerem Herzen den Entschluß, sein Domicil in Lübeck aufzugeben und nach Liefland zurückzukehren. Um die Vorbereitungen zu dieser Uebersiedelung zu treffen, reiste er im Sommer 1811 nach Riga voraus. Die Mutter, die den lebhaften Knaben in des Vaters Abwesenheit nicht genügend zu beschäftigen wußte, schickte ihn, obwohl erst dreijährig, in die Schule, doch dauerte der Besuch derselben nur wenige Monate, da der Vater schon im November die Familie nachkommen ließ. Auch über diese erste Reise besitzen wir einen eigenen Bericht

Wippen's. Von der Hinreise erinnerte er sich des stationsweisen
Wechsels von Pferden und Postillonen und der merkwürdigen
täglichen Veränderung von Zimmern und Betten; später in=
teressirte ihn die Begegnung großer Heereszüge, die rauchenden
Ruinen der Vorstädte Königsbergs, das am Curischen Haff zuerst erblickte Meer, der Fang eines Seehundes auf der Ueber-
fahrt nach Memel und die langbärtigen Grenzkosacken. Aus
Riga selbst entsann er sich deutlich der ersten Schlittenfahrt, des
Weihnachtsmarktes und eines großen russischen Artillerieparks.

Noch von Riga aus hatte der rastlos thätige Vater eine
Reise nach Moskau unternommen, um die dortigen Verhältnisse
auf Gründung eines kaufmännischen Etablissements zu prüfen,
indem er so tief im Innern des Reichs den an der Küste drohen=
den Kriegsbedrängnissen zu entgehen hoffte, allein die Rüstungen
Napoleons nahmen bald eine solche Ausdehnung an und die
Furcht vor seiner Kühnheit und seinem Glück wuchs überall der
Art, daß Rußland überhaupt kein sicherer Aufenthalt mehr zu
sein schien. Der so auch dort in seinen Hoffnungen Getäuschte
beabsichtigte darauf, sich in die Schweiz zurückzuziehen, aber die
Frau hatte solches Heimweh nach der Vaterstadt, daß er ihren
Bitten nachgab und nach Lübeck zurückkehrte. In Wippens
früherem Geschäftshause hatten unterdessen die Franzosen eine
Feldbäckerei errichtet und er bezog eine neue Wohnung in der Müh=
lenstraße, einer geräumigen Thorstraße. Aber noch war der viel=
geprüften Familie keine Ruhe gegönnt. Nach der furchtbaren
russischen Katastrophe wälzte sich das Kriegsunwetter von neuem
auch gegen Lübeck heran. Schon im März 1813 durch die Er=
hebung der Bürger und eine Streifschaar von Kosacken verjagt,
kehrten die Franzosen im Juni von Hamburg aus wieder, ver=

bittert, demoralisirt, rachsüchtig, und für die unglückliche Stadt, die zu früh über ihre Befreiung gejubelt hatte, brach nun erst die Zeit der schwersten Heimsuchung an. Bis zu ihrer zweiten Befreiung im December wurde sie von den verwilderten Siegern in jeder Weise gebrandschatzt und mißhandelt. Die Patrioten waren ins Feld gezogen oder entflohen, von den zurückgebliebenen Bürgern wurden die Reichsten und Angesehensten als Geißeln und Pfänder für Erlegung der Contributionen in die Gefangenschaft geschleppt, Einer, der zu kühn gesprochen hatte, erschossen, die Uebrigen mußten zwangsweise an den zur Vertheidigung der Stadt aufgeworfenen Schanzen arbeiten; Spionage und Angeberei blühten, Erpressung und Entehrung bedrückten die Familien, die häßlichsten Leidenschaften des Krieges traten ungebändigt hervor. Zu den Flüchtlingen gehörte Bippen. Er brachte seine Familie anfangs nach dem freundlichen Landstädtchen Eutin, dem Hauptorte des Fürstenthums Lübeck, während er selbst in Holstein seinen Geschäften nachging. Im Herbst scheuchte die Kriegsunruhe die Flüchtlinge weiter nach Kiel, von dort zur See nach Wismar und Rostock; aber auch dort war ihnen nicht lange Friede gegönnt, sie mußten bald hinab nach Warnemünde, wochenlang zur Einschiffung nach Schweden gerüstet, wenn der Feind auch das letzte Asyl bedrohen sollte. Endlich eröffnete die günstige Wendung des Kampfes im Winter die Hoffnung auf Heimkehr und im Februar 1814 ward dieselbe glücklich, wenn auch noch unter manchen Fährlichkeiten, bewerkstelligt. Für den Knaben bot diese Zeit der Flucht eine Fülle wechselnder Eindrücke dar und bei der Leichtigkeit und Innigkeit, mit der die Flüchtigen sich aneinanderschließen, fehlte es der Familie auch an belebendem Verkehre nicht. Die Seefahrt, die französischen Kaper und ihre Jagden, die englischen Kriegsschiffe vor der Warnow, ein nahes Reitergefecht, die Sprengung von Küstenschanzen durch Feuerwerker der englischen Marine, die Truppenzüge gewährten eine bunte Abwechslung und hinterließen eine lebhafte Erinnerung; aber auch der süße Müssiggang im reizenden Eutiner Schloßpark[1]) und am bernsteinreichen Strande der Ostsee that dem Knaben wohl, der sich ungestört und heiter fröhlich entwickelte.

Nach der Heimkehr folgten jetzt für die Familie von Bippen, wie für die Vaterstadt, eine Reihe friedlicherer und glücklicherer Jahre, wenn auch die vom Kriege geschlagenen schweren Wunden nur langsam vernarbten und heilten. Zwar erhob sich das Geschäft des Vaters, zu seinem tiefen Kummer, nicht zu rechter Blüthe und 1819 verlor er durch den Bankerott mehrerer Handlungshäuser in Riga und Amsterdam sein Vermögen, aber seine Redlichkeit und sein edler Charakter hatten ihm in Lübeck viele Gönner und Freunde gewonnen, durch deren Bemühung er bald darauf die Stelle des städtischen Postmeisters erhielt, welche er bis zu seinem 1841 erfolgten Tode verwaltete. Zu der ältesten Tochter Emma und dem Sohne Wilhelm war 1811 noch ein zweites Töchterchen, Luise, gekommen und 1815 folgte auch ein zweiter Knabe, Theodor. Die Kinder harmonirten auf's Trefflichste mit einander, namentlich aber faßte Wilhelm zu seiner Schwester Luise eine tiefe und innige Neigung, die, wie er selbst sagt, nicht ohne großen Einfluß auf seine inneren und

---

[1]) Wie tief sich diese, später oft aufgefrischten Erinnerungen an den Eutiner Aufenthalt der Seele Bippen's eingeprägt hatten, zeigen die „Eutiner Skizzen". Ueberhaupt knüpfte er bei seinen späteren Werken gern an Jugendeindrücke an und wir werden auch wiederholt darauf aufmerksam machen.

äußeren Verhältnisse geblieben ist. Sein hübsches Aeußere, sein offenes und freies Wesen und seine heitere Gutmüthigkeit erwarben ihm auch außer dem Hause viele Freunde und Freundinnen und die Kinderliebe des Vaters kam dieser Spielgenossenschaft fördernd entgegen. Wenn er am Sonntag Morgen im Sommer mit seinen Kindern den gewohnten weiten Spaziergang durch Lübecks anmuthige Umgebungen unternahm, wurden häufig alle Freunde und Freundinnen von nah und fern abgeholt und mitgenommen, und je größer die Schaar wurde, desto mehr freute er sich. Bei diesem freien Umherstreifen in Wald und Feld in Begleitung des sinnigen, Alles mit tiefer Innigkeit auffassenden Vaters entwickelte sich in dem Knaben zuerst die treue Liebe zur Natur, die Sehnsucht nach Durchdringung ihrer Geheimnisse und Erkenntniß ihrer wunderbaren Gesetze, die Ehrfurcht vor dem allgegenwärtigen Leben der Schöpfung, die ihn später trieben, sich der Naturforschung zu widmen und als Arzt und Menschen auszeichneten. Seine erste Bildung erhielt er in der Elementarschule des Herrn Fischer, die er schon vor der Rigaer Reise vorübergehend besucht hatte, doch erhielt dieser Besuch schon 1816 eine längere Unterbrechung, da er durch einen unglücklichen Fall sich die Hirnschale eindrückte, so daß er nur durch eine schmerzhafte Operation in längerem Krankenlager genas. Er lernte hier zuerst an sich selbst die Kunst kennen, die er später zum Heile so mancher Mitbürger ausüben sollte. Bald nach der völligen Wiederherstellung ward er in die vom Prediger Eschenburg an der Jacobikirche gegründete Knabenschule geschickt, in der er sich bald durch leichte Fassungskraft, große Lebhaftigkeit und muntern Fleiß hervorthat. Seine dichterische Begabung regte sich um diese Zeit auch in ihren ersten Anfängen, wenn er im

Spiel mit seinen Genossen in des Vaters Reisekutsche saß und Reisen träumte oder Mährchen erzählte. Einst dictirte er auch, ehe er selbst noch recht schreiben konnte, seiner Schwester Emma ein kleines Schauspiel, der „dumme Gärtner" genannt, das sie darauf mit den Nachbarskindern aufführten. Als des Vaters äußere Verhältnisse sich besserten, gab er dem lebhaften Wunsche des Sohnes, zu studiren, nach und schickte ihn Michaelis 1820 auf das berühmte Lübecker Catharineum, welches er von der Quarta an bis zu seinem Abgange zur Universität, Michaelis 1827, besucht hat. Diese in der Reformationszeit in den ehrwürdigen Räumen eines reichen Franziskanerklosters von Bugenhagen eingerichtete hohe Schule, aus combinirtem Gymnasium und Realclassen bestehend, war im Anfange des Jahrhunderts durch den aus Frankfurt berufenen Director Mosche, einen tüchtigen Schüler Basedow's, reformirt worden und stand in den zwanziger Jahren unter Leitung des als Pädagogen namhaften Directors Göring[1]), von dem Bippen stets mit Achtung und Anerkennung sprach, wenn auch seine mehr äußerlich energische Lehrweise ihm die geistigen Tiefen der Wissenschaft nicht aufschließen konnte. Dagegen wirkten auf ihn um so lebhafter der durch seine geschichtlich-geographischen Forschungen und Herausgabe der plattdeutschen Lübeckischen Chroniken ausgezeichnete Professor und Stadtbibliothekar Grautoff und der aus Mecklenburg eingewanderte Dr. Tiburtius ein, der in der alten Hansestadt ein großes wohlgeordnetes Pensionat von fast europäischem Rufe gegründet hatte. In des Letzteren Hause am Dom, wo durch die zahlreichen fremden Schüler ein reiches und

---

[1]) Classen Friedrich Jacob. Jena, 1855, p. 15 ꝛc. und 33.

bewegtes Leben herrschte, verkehrte der junge Bippen viel und begleitete im Sommer 1825 auch den Doctor und einen Theil der Pensionäre auf einer Ferienreise nach Copenhagen und dem südlichen Schweden bis Falun, durch welche die Mannigfaltigkeit seiner Jugendeindrücke erfreulich vermehrt wurde. Ein ander Mal, 1826, besuchte er, auch noch als Schüler, durch Mecklenburg wandernd, die Insel Rügen, die nicht nur romantische Naturschönheiten, sondern auch einen reichen Schatz historischer Erinnerungen und wunderbarer Antiquitäten, selbst poetische Sitten für das junge Gemüth darbietet[1]). Immer mehr entwickelte sich in dem Knaben unter diesen mannigfachen Einwirkungen der vom Vater geerbte hohe edle Sinn, das ernste Ringen nach allem Wahren und Guten, das seine Gefühl für Schönheit, während der heitere Geist der Mutter ihn über die kleinen Prüfungen des Lebens hinweg hob und zur Ueberwindung späterer schwerer Lebenserfahrungen kräftigte. Seine hervorragende Begabung und seine innige Empfänglichkeit für Freundschaft und muntere Geselligkeit machten ihn früh zum Mittelpunkt eines kleinen strebsamen Kreises, der sich mit allem Eifer für die akademische Lehrzeit vorbereitete. Die Miscellaneen enthalten bereits einige ernst betrachtende oder scherzhaft geistreiche Fragmente aus diesem Stadium seiner inneren Entwickelung.

Bippen's Vorliebe für Erforschung der Natur, namentlich der lebendigen, und die mit seiner dichterischen Begabung zusammenhängende Neigung, sich in die Seelenstimmungen und

---

[1]) In der Oper „Gunda" spiegelt sich die Lebhaftigkeit dieser Jugenderinnerungen wieder.

Gemüthsaffectionen der Menschen zu vertiefen, die so oft aus körperlichen Zuständen hervorgehen, führten ihn, bei der Wahl eines Berufs, der Heilkunde als Fachwissenschaft zu und wohl vorbereitet bezog er Michaelis 1827 die Universität Heidelberg, wohin ihn theils der Ruf ausgezeichneter Lehrer, wie Tierbach, Puchelt, Leuckart, Arnold, Tiedemann, Gmelin, Munke und Nägele, theils die reizende Umgebung lockte, die in der ersten Zeit berechtigter Freiheit und Ungebundenheit doppelt erfreulich wirkt. Auch Bippen empfand in tiefstem Herzen, „wie dem Studenten, der nach wohlbestandener Maturitätsprüfung, den Ränzel auf dem Rücken und zehn holländische Ducaten in der Tasche, den Weg zur Academie antritt, die Erde so hoffnungsgrün lächelt und der Himmel so ewig blau leuchtet." Drei köstliche Jugendjahre widmete der Jüngling in der pfälzischen Musenstadt mit regem Fleiß und Eifer den medicinischen Studien, ohne dabei die vielseitigste Ausbildung seiner geistig geselligen Talente zu versäumen. Die glänzenden Erinnerungen an diese Zeit gehörten immer zu den liebsten, fruchtbarsten und gepflegtesten seines Lebens und mit unauslöschlichen Lichtzügen waren der Strom, die waldigen Berge, die ehrwürdige Schloßruine, die alten Burgen im Neckarthal, die saftgrüne Ebene zum Rhein mit dem in duftiger Ferne verschwindenden Hartgebirge, bei Sonnen- und Mondenschein, im Morgennebel wie im Donnersturm, in seine Seele geprägt. Vorzüglich bei poetischer Anregung kehrten diese Bilder wieder und wieder vor seine Phantasie zurück, erfüllten sein Herz mit wohlthuender Wärme und spielen daher vielfach in seine späteren poetischen Schöpfungen hinein, wie in den „Winterkönig", das „Schwalbennest", die „fahrenden Schüler" ꝛc.

Letztere spiegeln auch das lustige, bunt bewegte deutsche Studentenleben wieder, das mit seinem halb burschikosen, halb schwärmerischen Freund- und Genossenschaftswesen, mit seiner übermüthigen Lust und seinen tollen Streichen, mit seinen von Geist durchwürzten Gelagen, Aufzügen und Mummenschänzen, mit all seiner Liebe und seiner Sehnsucht voll und rein von ihm durchgekostet ward und ihm eine Quelle unversiegbarer Jugend blieb. Endlich entwickelte sich in engem Zusammenhang mit den Einwirkungen der wunderbar schönen Umgebungen und des reichen freien Lebens in dieser Epoche in seiner Brust auch der ernste tiefe vaterländische Sinn zu voller Kraft und Blüthe, dessen Keim schon in frühester Kindheit durch die lebhaften Eindrücke der harten und schmachvollen französischen Zwingherrschaft und der ruhmreichen Befreiungskriege geweckt und durch den patriotischen Vater in stiller Begeisterung genährt war. Wer wäre überhaupt, an welchem Orte auch, in jenen Jahren idealer Empfänglichkeit und Bildung so stumpf und dumpf, daß er nicht die Herrlichkeit des deutschen Vaterlandes in Schönheit und Reichthum der Natur, in Literatur und Kunst, in historischen Denkmälern und Erinnerungen, in Volks- und Stammesleben tief empfunden und in sich aufgenommen hätte?! Am Rhein aber stürmt Alles mit übermächtiger Gewalt auf Herz und Gemüth ein und nimmt sie gefangen. Dieser Zauberbann wird in treuen Seelen nie gebrochen. Auch Bippen hielt diese Heimathliebe sein ganzes Leben hindurch innig fest, er war ein deutscher Patriot im edelsten Sinne des Worts, frei emporschauend über alle Schranken und Fesseln des particularen Egoismus, tief ergriffen und durchdrungen von der unerschöpflichen Kraft deutschen Lebens und Wesens, erfüllt von der Ueberzeugung einer glänzenden geschichtlichen Zukunft des deutschen Reichs und Volkes, das er in Lied und Wort zu preisen und zu feiern unermüdlich war.

Zu Bippen's intimsten Freunden in Heidelberg gehörten der jetzt in Göttingen wirkende ausgezeichnete Kenner des deutschen Handelsrechts Prof. Thöl, ein geborner Lübecker, ferner Dr. Wilhelm Spieß, der, vielfach vom Leben umhergeworfen, jetzt einer namhaften Wasserheilanstalt im Odenwalde vorsteht, und Dr. Dittenberger, ein bedeutender Theolog, früher Professor in Heidelberg, jetzt Oberhofprediger in Weimar. Einen weiteren Kreis von Freunden fand er in der Verbindung Hanseatia, die außer Lübeckern auch Hamburger und Bremer in sich schloß und für die er unter anderm im October 1828 das Bundeslied dichtete. Im außerstudentischen Leben war sein Hauptumgang in der englischen Familie Mitchell, die von Riga her mit seinem Vater bekannt war und in der durch die zahlreichen Söhne und Töchter ein sehr reges und sogar glänzendes geselliges Treiben herrschte. Die Ferien führten zu weiteren Bekanntschaften und anregenden Berührungen, wenn er nach Rheinbaiern und dem Elsaß hinüberflog oder den Schwarzwald und Würtemberg durchstreifte oder auch sich den Rhein hinablocken ließ nach Bingen und Wiesbaden, Bonn und Cöln. 1828 unternahm er in den großen Herbstferien eine längere Fußwanderung durch die Schweiz bis nach Savoyen hin, in die unendliche Erhabenheit der Alpenwelt sich vertiefend. 1829 brachte er fünf Wochen in stiller Abgeschiedenheit in Weinsberg zu, wo er ein häufiger Gast bei dem liebenswürdigen Dichter und wunderlichen Geisterseher Justinus Kerner wurde, mit dem er auch später noch in Verkehr

blieb¹). Manch ernstes und lustiges Abenteuer wußte er von
diesen Touren zu berichten, die seine Anschauung und Erfahrung
mit vielem Interessanten bereicherten. Im letzten Sommer 1830
erhielt sein Leben eine unerwartete anmuthige Abwechslung durch
einen dreimonatlichen Besuch seiner Mutter und jüngeren Schwester
Luise, die er als kundiger Führer mit der nähern und weitern
Umgegend Heidelbergs bekannt machte.

Was die erhaltenen Zeugnisse von Vippen's innerem geistigen Fortschritt, seinem Seelen- und Herzensleben, während
dieser Heidelberger Jahre betrifft, so ist zu bedauern, daß er
die starke poetische Ader, die in seiner Brust quoll, nicht frei
springen ließ und in feste Formen zu fassen suchte. Da von
ihm selbst keine Aufzeichnungen darüber vorliegen, können wir
nur vermuthen, worin damals das Hinderniß bestanden hat.
Zunächst ist es freilich wahr, daß an und für sich das ernste
Studium der meist unschönen, ja widerwärtigen Krankheits-
erscheinungen und -gebilde, die niederdrückende Einsicht in die
menschlichen Schwächen und Verschuldungen als Hauptursache
der abnormen Körperzustände und Leiden, die leichenzergliedernde
Thätigkeit des Anatomen, die durch die Forschung aufgedrungene
Betrachtung der organisirten Materie als eines selbständigen
Agens, für eine ideale, schwungvolle, begeisterte Auffassung der
Welt und des Lebens nicht eben günstig sind; aber, da wir
diese doch in Vippen's prosaischen Arbeiten jener Zeit nicht ver-
missen, so müssen wir nach allgemeineren, weiter greifenden

---

¹) Nach Kerner's Tode schilderte er diese Besuche im Feuilleton des
„Neuen Hamburg" 1862. Die Erinnerungen an diesen Weinsberger Aufenthalt treten auch in seiner Tragödie: „Das Mädchen von Weinsberg" lebhaft
hervor.

Gründen uns umsehen, die wohl in der ganzen Zeitrichtung zu suchen sind. Da finden wir denn, daß die zwanziger Jahre dieses Jahrhunderts überhaupt eine für dichterisch begabte Naturen höchst ungünstige Epoche gewesen sind. Die Abspannung der Geister nach den furchtbaren Aufregungen der Freiheitskriege war gar zu groß, Alles sehnte sich nach Ruhe und materiellem Genuß und die siegreiche Reaction wußte die gefährliche Kraft der Nation nur zu gut in weichlichen Schlummer zu lullen und die Geister durch Sinnenreiz und äußeres Wohlbehagen zu betäuben. Welch schwerer Druck auf der Welt lastete, erkennt man am Deutlichsten aus dem Verzweiflungskampfe des einzigen dichterischen Genius dieser Epoche, Lord Byron's. Nachdem auch seine gewaltige Stimme verstummt war, vermochte kein poetisches Talent mehr den lähmenden Bann zu brechen. Erst das Jahr 1830 mit seinen Revolutionen zersprengte die vergoldeten Ketten und die deutsche Lyrik begann ihre Nachblüthe. So fehlte es auch Bippen wahrscheinlich am meisten an den großen entgegen kommenden Momenten, an der sympathischen Stimmung der Welt, an der belebenden Aufmunterung, um die poetische Sehnsucht in seiner Brust zu schöpferischer Gestaltung zu treiben und die verborgenen Schätze ans Licht zu fördern. Die Knospe entfaltete sich erst nach vielen Jahren zur Blüthe, zu spät, um die Früchte noch zur vollen Reife zeitigen zu können. Die in den Miscellaneen erhaltenen prosaischen Fragmente sind mannigfacher Art: gehobene Naturschilderungen, religiös-philosophische Betrachtungen, namentlich über Tod und Unsterblichkeit, biologisch-psychologische Studien, Reflexionen über die eigene Lebensführung und das menschliche Leben überhaupt, Aphorismen über Freundschaft und Geselligkeit u. s. w. Alles athmet übereinstimmend ein tief andächtiges Gefühl, einen ernsten Glauben ohne Orthodoxie, feste Hoffnung auf ein zukünftiges Leben, sittliche Tüchtigkeit und ein besonnenes Leiten auch des äußeren Daseins, bei regster Empfänglichkeit für alles Schöne und Gute und feinstem geselligen Tactgefühl.

Nach Vollendung des Heidelberger Trienniums begab sich Bippen Michaelis 1830 zur weiteren Fortsetzung seiner Studien nach Halle, wo er Wutzer, Blasius, Niemeier und vor Allem Krukenberg hörte, dem er auch in Verehrung und Freundschaft persönlich nahe kam. Die zweite arbeitsame Epoche des Universitätslebens begann jetzt für ihn, eifrige Forschung und mühevolle Praxis absorbirten fast seine ganze Zeit, die heitere Laune wich dem herantretenden Ernst des Wissens und Lebens, und auch als der Winter ausgestürmt hatte und der Frühling die romantischen Saalenufer bei Giebichenstein mit frischem Grün kleidete und thalaufwärts nach den thüringischen Burgen und Bergen lockte, mußte er der Versuchung zur Erneuerung des jugendlich freien Umherschwärmens widerstehen, und konnte dies allerdings um so leichter, da Gegend und Geselligkeit sich doch nicht im entferntesten mit dem Heidelberger Aufenthalte vergleichen ließen. Dennoch war auch für ihn der Uebergang vom Studententhum zum Philisterium eine bange Entwickelungszeit und nur langsam und schmerzlich überwand er den verzeihlichen Widerwillen gegen die materiell bürgerliche Existenz. „Die Ideale sind zerronnen," die glänzenden Phantasieen der Jugend erbleichen und schwinden, der potentiell unendliche Geist, der sich bisher in holden Träumen seiner Schöpfungs- und Forschungskraft gewiegt hat, lernt die reale Beschränktheit seiner Begabung und Leistungsfähigkeit kennen, die Zeit erhält einen drückenden Werth, die

Welt macht sich nach allen Richtungen hin mit fesselnder Zuchtmeisterei geltend. Bippen faßte sich in dieser entscheidenden Periode christlich und sittlich ernst, er ward sich der großen Forderungen, die an ihn herantraten, voll bewußt, fügte sich in Bescheidenheit, als ein Sternchen zweiter und dritter Größe zu glänzen, da es ihm versagt war, als großes Lumen zu leuchten, hielt aber zugleich den Entschluß fest, mit allen Kräften dahin zu streben, nicht in die hausbackene Spießbürgerlichkeit der Reichs- und Kleinstädte zu versinken, sondern sich die geistige Jugend und Idealität und den weiten Blick zu erhalten, ein Versprechen, das er treu eingelöst hat. Wenn sich der innere Kampf und die damit verbundene Mißstimmung in seiner Brust in dieser Zeit äußerlich geltend machten, so geschah dies in einer gewissen Schärfe und Derbheit des Ausdrucks, einer offenen Antithese gegen das Gemeine, Niedrige, Alltägliche, das ihm jetzt von allen Seiten näherrückte. Er hatte, wie er selbst scherzend sagt, von Jugend auf eine gewisse Zuneigung zur Bärenhäuterei der alten Teutschen gehabt und galt wegen seiner Aufrichtigkeit oft für grob. Ein Anflug dieser herben Naivität, die alles Halbe, Dürftige, Unwahre treffend bloßstellte und oft fälschlich für Verbitterung genommen wurde, ist ihm immer geblieben. Häufig verklärte sie sich aber zu seiner Ironie oder köstlichem Humor, die von der Ueberlegenheit seines Geistes und der gemüthvollen Tiefe seines Herzens zeugten. Der Humor bildete sich überhaupt als charakteristisches Element seiner Natur heraus und half ihm über manche Zeiten der Prüfung hinweg.

Im Sommer 1831 schrieb Bippen seine medicinische Doctordissertation über „Hermaphroditen", angeregt durch einen merkwürdigen, ihm in Halle vorgekommenen Fall dieser Mißbildung, und am 8. September promovirte er. Wenige Tage später begleitete er den Prof. Krukenberg auf dessen ehrenvolle Einladung nach Berlin, um die dort ausgebrochene asiatische Cholera, das damals neueste furchtbare Phänomen der Nosologie, kennen zu lernen und zu studiren; doch dauerte dieser Aufenthalt nur kurze Zeit, da die verheerende Krankheit unterdessen auch in Halle unerwartet rasch ihren Einzug gehalten hatte, und beide eilten nach der Saalestadt zurück, um dort alsbald ihre schnell erworbenen Kenntnisse zu verwerthen. Wippen trat als Assistent in das Cholerahospital und lieferte wiederholte Beweise energischer Furchtlosigkeit und bereitester Opferwilligkeit, wie denn solche uneigennützige Hingebung ihn als Arzt stets ausgezeichnet hat. Mehr, als alles Andere, waren diese Erfahrungen, die er als Choleraarzt in Berlin und Halle machte, der Anblick des mannigfaltigen Elends, das Mitfühlen so vieler trauriger Begebenheiten, geeignet, ihn gewaltsam in den Ernst des wirklichen Lebens hinüberzuführen, ihn mit dem Bewußtsein der schweren Verantwortlichkeit seines Berufs, der hohen Bedeutung eines tüchtigen Arztes, zu durchdringen, während sie ihm andrerseits die Ohnmacht menschlicher Hülfe und Einsicht gegen die großen Mächte der Natur zu tiefer Demüthigung enthüllten. Die Idee der Desinfection wandte er auch auf sein eigenes Innere an und suchte sich mit männlicher Kraft von der gefährlichen Weichheit und den trüben Schlacken zu reinigen, die ihm aus unklarer Jugend noch anhafteten. Er ging tapfer gegen alle Unannehmlichkeiten an. „Mit meinen Studien", schreibt er aus Halle, „geht's munter und fidel! Freilich ist die Praxis in diesen unsaubern Gassen lästig genug, aber ich bin gesund, und so geht's lustig durch Dick und Dünn!" Die pfälzische Universitätszeit wurde durch eine immer wachsende Kluft von seinem neuen Bewußtsein geschieden, er fühlte sich plötzlich um 10 Jahre gealtert, wenn auch die Verbindung mit den früheren Freunden fortdauerte. „Vom Heidelberger Studentenleben", schreibt er an einer andern Stelle, „erfahre ich häufig, doch wünsche ich mir das dortige Leben nicht mehr zurück. Nie möchte ich jene Rosentage aus meinem Gedächtnisse schwinden sehen, aber noch einmal durchleben möchte ich sie jetzt nicht mehr." So spricht der reifende Mann, der dem holden Spiel idealer Jugendlaune den Rücken gewandt hat und in ernster Pflichterfüllung und aufopfernder Thätigkeit fürs wirkliche Leben einen bedeutungs= volleren Schatz zu finden im Begriff steht. Seine Studien setzte er mit rastlosem Eifer fort und im April 1832 ging er nach Würzburg, um den berühmten Schönlein zu hören. Noch einmal genoß er auf dieser Tour, hier= und dorthin ab= schweifend, eine kurze Nachblüthe der freien Studentenzeit. „Als die erwärmende Aprilsonne die Schwalben gen Norden gelockt, eilte ich dem geliebten Süden entgegen. Ein unbefangen frohes Leben, wie es der Südländer führt, genoß auch ich. In den Gebirgen des Elbstromes erblickte ich im Kreise herziger froher Menschen das erste Frühlingslaub, am Mainufer fand ich alte Freunde und die harmlosen Burschenfreuden wieder, aber im Genusse einer nie empfundenen Wonne durchzog ich während des Pfingstfestes das mir so heimische Neckarthal. Es waren wahre, große, hohe Freudentage! Das Leben ist doch schön! Ihr lauen ruhigen Abendstunden vom sanft plätschernden Neckar, ihr mondbeleuchteten Nächte auf der Pfälzerburg: wäret ihr auch die einzigen Silberblicke meiner Tage, wie könnte ich die Erden= bahn eine unfreundliche nennen?" Seine ganze Stimmung war damals eine gehobene, sein Geist hatte einen kräftigen Aufschwung genommen, seine Gedanken standen in die Ferne und seine Pläne gingen hoch. Er brach im Sommer nach Paris auf, um dort seine medicinischen Studien zu vollenden und im Getriebe der Weltstadt seinen Blick in die Welt zu erweitern und seine Erfahrungen und seinen Charakter zu bereichern. Nach der Rückkehr wollte er sein Examen bestehen und den Versuch machen, eine akademische Carrière einzuschlagen, wozu ihn Geist und Gabe des Worts vorzugsweise zu befähigen schienen. Aber das Schicksal hatte es anders gewollt! Auf der Hinreise nach Frankreich erreichte ihn in Heidelberg die Nachricht vom heftigen Ausbruche der Cholera in Lübeck und er glaubte, auch durch die Bitten und Hoffnungen seiner Verwandten gedrängt, der schwer heimgesuchten Vaterstadt seine erprobte Hülfe nicht vorenthalten zu dürfen. So eilte er rasch dorthin und sah die Heimath nach fünfjähriger Abwesenheit, ein viel Veränderter, wieder. Nach Kräften wirkte er zur Bekämpfung der schon abnehmenden Seuche mit und begab sich Ende October 1832 nach Berlin, um in der preußischen Hauptstadt die letzten Studien zu machen und sich dann als praktischer Arzt in Lübeck niederzulassen. Die Heimath hatte in unmittelbarer Gegenwart den Sieg über das Streben in die Fremde davongetragen und der Würfel über sein zukünftiges Leben war geworfen. Das Examen bestand er nach der Rückkehr auf's rühmlichste und wurde am 8. Juni 1833 mit seinen Freunden Dr. Pabst und Dr. Kunze unter die Zahl der lübeckischen Aerzte aufgenommen. Früher hatte er lange gezweifelt, ob er sich in der Heimath habilitiren solle, und im November 1831 an seine Schwester Luise geschrieben: „es zögen ihn zwar viele Magnetsteine nach der Vaterstadt, aber ebensoviele, wenn nicht mehr Steine des Anstoßes hielten ihn fern." Später trat, wie wir gesehen haben, diese Idee ganz zurück und der Plan, in der Fremde das Glück zu suchen, überwog. Nicht ohne Kampf entsagte er ihm und mußte sich gewaltsam fassen, um die sich regende Reue niederzuzwingen. So schreibt er an einen Freund: „Von vier Geschwistern bleibe ich allein in Lübeck zurück, ich, der einst „von kühnem Muth beflügelt, bis in des Aethers weitste Ferne" zu fliegen, mindestens Japan und China zu besuchen dachte"; und in der Sylvesterbeichte 1834: „Ja, ja, Du hast des Lebens Räthsel noch nicht gelöst. Weil Du nicht stark genug gewesen, unvorhergesehene Hindernisse zu besiegen; weil Du, leichtsinnig des Augenblicks unüberlegten Einflüsterungen folgend, den Jahre lang angelegten Plan selbst zerrissest, so wähntest Du von Deinem guten Genius Dich verlassen und von der Liebe, die das All umfängt, verstoßen? Willenskraft und Thatkraft sind es, die Dir mangeln, nur stete Uebung kann sie Dir geben. Wolle stark und fest sein, sei stark und fest! sei Dein Losungswort; ohne Energie nach innen und außen wirst Du stets mit Dir zerfallen und bald Dir selbst verächtlich sein.

> „Was heute nicht geschieht, ist morgen nicht gethan.
> Und keinen Tag soll man vergessen,
> Das Mögliche soll der Entschluß
> Beherzt sogleich beim Schopfe fassen,
> Er will es dann nicht fahren lassen
> Und wirket weiter, weil er muß."

Nur der Consequenz des Willens und der Energie im Wirken ist Handeln nach Grundsätzen möglich, und nur, wenn man nach diesen handelt, innere Ruhe; denn hat, wer so gelebt, auch manchen Irrthum zu beweinen, so wird er doch keine That zu bereuen haben." So fügte sich also Wippen männlich stolz in den einmal gefaßten Beschluß und trug mit freudiger Thätigkeit seine Folgen. Es ging ihm, wie so manchen seiner Landsleute, die, vielleicht mehr für ein größeres Wirken in der Fremde bestimmt, zuletzt doch im sichern Hafen der Heimath ihre Anker auswerfen und sich von den Erinnerungen der Kindheit, den Annehmlichkeiten des Verwandtschafts= und Freundschaftslebens, dem bürgerlich=stillen Wesen der alten Hansastadt gefangen nehmen ließen. Denn gar manche lockende Vorzüge hat die gute Heimath. Wer einmal von Jugend auf die Lübecker Glocken hat läuten hören, den lassen sie so leicht nicht los. Noch immer ist Lübeck eine stattliche Mittelstadt mit einer Reihe großer würdiger Kirchen und anderer öffentlicher Gebäude und zahlreichen alterthümlichen Giebelhäusern, mit Kunstschätzen und Antiquitäten mannigfacher Art, wohl werth, neben Nürnberg und Danzig als dritte der historisch interessantesten deutschen Städte genannt zu werden. Die Umgebung ist wohl angebaut, schön belaubt und gewährt von allen Seiten die herrlichsten Ausblicke auf die mit ihren 7 hohen Thürmen kronengleich auf ihrem Hügel ruhende Stadt. Für ihre Bürger ist die Nähe der See ein Reiz, den sie im Binnenlande schmerzlich entbehren würden; die Schiffahrt ist jedem an's Herz gewachsen. Aber auch sonst bietet Lübeck alle Vorzüge einer größeren Mittelstadt: es behütet den regeren Geist einerseits vor dem Untergehen in kleinstädtische spießbürgerliche Misère, und schützt ihn andererseits vor dem vernichtenden Gefühl des individuellen Versinkens im verwirrenden Getriebe der Großstädte. Das Familienleben ist innig, reich, erquickend; süddeutsche Wirthshauskneiperei unbekannt; die Kindererziehung gefahrlos und durch gutes Schulwesen erleichtert.

Wer irgend Kraft in sich fühlt, kann sich sein häusliches und geselliges Leben durchaus frei, schön und anregend gestalten. Dabei ist Lübeck noch selbständiger Mittelpunkt eines kleinen staatlichen Gemeinwesens und hat sein eigenthümliches reichsstädtisches Gepräge. Jeder Bürger fühlt sich mit Selbstbewußtsein als tüchtiges und wirksames Glied des Ganzen und die zahlreichen bürgerlichen Ehrenämter geben ihm Gelegenheit, mit individueller Bedeutsamkeit am Kirchen-, Gemeinde-, Staatsleben segensreich theilzunehmen. Zugleich hebt ihn das Gefühl der einstigen historischen und patriotischen Größe der Vaterstadt und giebt seinem Thun eine gewisse Weihe. Wie wenige Städte ist Lübeck neidlos, frei von der Gunstbuhlerei der kleinen Fürstenhöfe, von der drückenden Büreaukratie der größeren Staaten. Und wenn in unserem abgelegenen Winkel des Vaterlandes, bei dem Vorwiegen der materiellen Handelsinteressen, das geistige, wissenschaftliche und künstlerische, politische und sociale Leben etwas stockt und zu verkümmern droht, so kann dies den Patrioten um so mehr reizen, in allen diesen Richtungen in dem leicht übersehbaren Gemeinwesen thätig zu sein und sich dauernde Verdienste zu erwerben. Bei der Wohlhabenheit der Stadt sind die Mittel nicht beschränkt und die Freigebigkeit der Bürger ist nicht schwer zu erwecken, so daß verhältnißmäßig viel geleistet wird und werden kann. Bippen hat die Wirkung aller dieser Einflüsse so tief erfahren, daß, wenn er mehrfach später den Entschluß faßte, Lübeck zu verlassen und hier- oder dorthin überzusiedeln, er ihn doch nie hat ausführen können.

Ueber Bippen's inneres Geistes- und Gemüthsleben während der zuletzt geschilderten Periode, soweit es nicht von seiner Fachwissenschaft in Anspruch genommen war, geben mancherlei Aufzeichnungen einigen Aufschluß. Sein dichterisches Talent entwickelte sich auch jetzt noch nicht in zu erwartender Weise. Dagegen zeigte er sich als echten Seelenarzt und seinen tieffühlenden Herzenskenner in einer ihn nahe berührenden Angelegenheit. Seine jüngere Schwester Luise hatte auf der Reise nach Heidelberg einen jungen Hamburger, damals noch Studenten, kennen gelernt und liebgewonnen. Ueber vier Jahre bewahrte sie diese starke und treue Neigung im stillen Herzen und machte nur den geliebten Bruder zum Vertrauten ihres Geheimnisses. Dieser hatte nun die nicht leichte Aufgabe, in seinen Antworten die Schwester, deren zarte Gesundheit dem Zweifel und der Qual der Ungewißheit zu erliegen drohte, theils durch Hoffnung aufzurichten, theils ihre moralische Kraft durch Rath und Ermahnung zu stärken, und er führte dies auf's liebevollste und mit zartestem Tacte durch. Als er im Jahre 1831 nach Berlin kam, suchte er dort den jungen C. auf. Dieser, welcher seinerseits auch Luisens Bild treu im Herzen trug, war sehr beglückt, den Bruder der Geliebten kennen zu lernen und durch ihn mit ihr in Verbindung treten zu können. Zwar sprach er in anerkennenswerther Zurückhaltung sein Gefühl für sie auch gegen den Bruder nicht offen aus, da er von einer sichern Existenz noch weit entfernt war, doch verrieth er seine Neigung so deutlich, daß Bippen mit gutem Gewissen der Schwester Muth und Trost einsprechen durfte. Ein schönes Zeugniß für sein ganzes Verhalten in dieser Herzenssache sind die aus der Zeit erhaltenen Briefe an die Schwester.

Wunderbar wäre es gewesen, wenn Bippen in den stürmischen Jahren 1830—33 nicht auch von der politischen Bewegung ergriffen worden wäre, die ja namentlich in der deutschen Jugend einen mächtigen Rückhall gefunden hatte. Allein doch nur spät und allmählich gewann sie tieferen Einfluß auf sein Denken, theils weil er in diesen Jahren zu viel mit sich selbst und seiner inneren Umwandlung und Ausbildung beschäftigt war, theils auch wohl, weil der Anstoß der ganzen Erschütterung von Paris ausging und er die von Jugend auf genährte Antipathie gegen alles französische Wesen nicht genug überwinden konnte, um selbst politische Errungenschaften aus französischen Händen entgegenzunehmen. Dabei ist er immer ein Freund stiller humaner Entwicklung gewesen, ein strenger Feind der Anarchie und des rohen Tumults, und seine gemäßigten politischen Grundsätze haben sich früh herausgebildet. Nie gab er sich widerstandslos der herrschenden Strömung hin, sondern suchte sie zu zügeln und zu veredeln.

Von der Weiterentwicklung seiner religiösen Ideen zeugt ein Aufsatz, betitelt: „Aphorismen über Religion, besonders die christliche." Der Fortschritt seiner sittlichen Vertiefung und die wachsende Ruhe und Besonnenheit seines Geistes zeigen sich ferner in der Anlage eines Tagebuchs, das er mit einem Gedichte einweihte und auch wohl sein Glücksbuch nannte. In dasselbe nahm er die oben erwähnten handschriftlichen Fragmente aus älterer Zeit mit hinüber und suchte mehrfach an das früher Gedachte und Gefühlte fruchtbringend anzuknüpfen.

Die erste Zeit nach seiner ärztlichen Niederlassung in der Vaterstadt war für Vippen eine recht schwere, wie aus seinen damaligen Aufzeichnungen und Briefen hervorgeht. Der Unterschied zwischen dem vielfach bewegten und geistig angeregten Leben, wie er es als Student in der Fremde geführt, und dem stillen einfachen Familien- und Hausleben, das er nun in der

Heimath, auf Patienten wartend, zu führen gezwungen wurde, war doch gar zu groß. „Ich bin noch in der Krisis", schreibt er im September, „bin nicht mehr Studio und noch nicht Philister; ich wünsche mir, Jenes nicht mehr zu sein und das Andere nicht zu werden, und das juste milieu hat eine so enorme Breite, daß man darin, wie in einer Wüste, ohne Halt= punct umherirrt." Er klagt, daß sein Leben jetzt so glanz= und farblos sei, daß er eine unendliche Leere um sich fühle, daß er vor Langeweile sterbe. Allmählich indessen fand sich etwas Beschäftigung an, das gesellige Leben riß ihn in seine Kreise und Lebenslust und Muth kehrten wieder. Dennoch ist die Sehn= sucht nach einer höheren Fortsetzung jenes idealen Jugendlebens, nach einer freieren und umfassenderen geistigen Thätigkeit, nie ganz in Bippen's Brust erloschen; es blieb ein ungestillter faustischer Trieb nach Forschung und Weltkenntniß in ihm zurück; er behielt, im edelsten Sinne des Wortes, immer einen Anflug studentischen Wesens in der jugendlichen Be= gierde nach vielfachster Anregung. In den Jahren 1834 bis 1837 nahm seine Praxis langsam zu und er schreibt mit= unter ganz erfreut darüber, während hin und wieder auch Kla= gen mit unterlaufen, so wenig nützlich in der Welt zu sein. 1837 wurde er Oberarzt des Lübeckisch=Bremischen Bataillons, 1838 Armenarzt und seine Hoffnungen auf gedeihliches Fort= kommen steigerten sich. Doch waren die günstigen Aussichten nicht von langer Dauer, und als er 1841 in seiner sichern Er= wartung, die erledigte Stelle eines Hebammenlehrers zu erhal= ten, getäuscht ward, dachte er ernstlich daran, seine Praxis ganz aufzugeben und Lübeck zu verlassen, ein Plan, der 1859 zum zweiten Mal der Ausführung nahe kam — Familienrücksichten verhinderten beidemal den entscheidenden Schritt. Die Zahl von Bippen's Patienten, wenn darunter auch manche der wohlhabendsten und angesehensten Familien der Stadt waren, blieb immer eine beschränkte und nahm nie erheblich zu. Die Ursache davon kann wesentlich nur in seiner Persönlichkeit gesucht werden und er gestand sich in späteren Jahren auch selbst, daß er eigentlich nicht zum practischen Arzt berufen gewesen sei. So gediegen seine Kenntnisse und so reich seine frühen Erfahrungen waren; so sehr er in jedem ernstlichen Krankheitsfall die größte Aufmerksamkeit, Sorgfalt und Entschlossenheit bewies und sich Vertrauen und Dank der Patienten erwarb; so liebevoll sein Herz und zartfühlend sein Gemüth war: so konnte er es doch vom Anfang an nicht über sich gewinnen, die gemeinen, alltäglichen, kleinen Unpäßlichkeiten und Leiden der Menschen auf genügende Weise zu würdigen, in jede geringfügige Klage und Beschwerde mit Freundlichkeit und Theilnahme einzugehen und die thörichten Befürchtungen und irrigen Darstellungen der leicht Erkrankten geduldig zu ertragen. Er war für die geringeren Leute zu gebildet, für die Gebildeten zu streng. Er hatte ein zu scharfes Auge für die Schwächen der Menschen und zu wenig Verstellungskunst, um seine Mißstimmung zu verbergen. Im höchsten Grade Rigorist gegen sich selbst, konnte er Weichlichkeit und Albernheit nicht leiden. „Kein Mensch", schreibt er gelegentlich, „lernt seine Mitmenschen genauer kennen, als der Arzt. Nicht im Beichtstuhl, sondern auf dem Krankenbett ist der Mensch wirklich aufrichtig und wahr. Dem Geistlichen sagt man, was man will; dem Arzte, was man muß. Da sieht es denn freilich oft jämmerlich genug aus und die Menschen, welche in gesunden Tagen großmüthig, menschenfreundlich und heldenkühn erscheinen, werden bei dem geringsten Zahnschmerz nicht selten die feigsten Egoisten, die schadenfrohesten Menschenfeinde." Wo er dergleichen bemerkte, wurde er leicht wortkarg oder herbe und verletzte dadurch die Hülfesuchenden, die sich dann lieber an einen gewandteren Collegen hielten. Bippen hat sich oft in bittern Stunden selbst heftige Vorwürfe über diese sein Fortkommen hindernde Eigenthümlichkeit seines Benehmens gemacht, aber sie hing zu sehr mit seinem innersten Wesen zusammen, als daß er sie dauernd hätte überwinden können. Ja, mit den Jahren nahm, aus leicht erklärlichen Gründen, diese Strenge eher zu. Nach seinem eigenen Vorbilde war er geneigt, von den Kranken eine mehr als gewöhnliche Duldungs- und Willenskraft zu fordern, und da er, mit Kant, der Ueberzeugung war, daß die Macht der Seele eine Menge krankhafter Affectionen des Körpers mindern oder heben könne, so suchte er den Leidenden nicht nach Wunsch mit Medicin und äußerlichen Heilmitteln zu Hülfe zu kommen. Doch konnte er es auch durchaus nicht leiden, wenn eine einmal von ihm mit gutem Grunde gegebene Vorschrift außer Acht gelassen und übertreten ward, und solche Fälle konnten ihn mit seinen besten Freunden entzweien. Die nothwendige Folge seiner beschränkten Praxis war eine mannigfach bedrängte Lage und er wurde oft von schweren Sorgen heimgesucht. Wie er sie trug, mag folgende Stelle aus einem Briefe an seinen vertrautesten Freund, vom Jahre 1856, zeigen. „Denn", schreibt er, „daß ich Dir's nur gleich offen gestehe, die einzige Krankheit, an der ich leide und seit 25 Jahren gelitten habe, ist Mangel an edeln — hoffentlich nicht Eigenschaften, sondern — Metallen, oder vielmehr an der Kunst, solche zu erwerben, oder noch vielmehr an der Lust, diese Kunst zu üben. Ich habe wohl oft den Wunsch gehabt, als reicher Neonat in die Welt gekommen zu sein, doch hab' ich noch öfter eingesehen, daß solcher Reichthum für mich ein unendliches Unglück gewesen wäre und dasjenige, was mir der Himmel an Eigenschaften und Fähigkeiten mit auf die Reise gegeben, dann nicht einmal soweit sich entwickelt haben würde, wie es bis dato gethan, d. h. in einem Grade äußerster Bescheidenheit. So ist es denn schon nach meinem beschränkten individuellen Dafürhalten ein Glück für mich, immer durch Noth, Sorge, Verdruß, Enttäuschung und Kränkung mich durchschlagen zu müssen; nach Gottes ewigem Rathschluß, der immer Alles zum Besten lenkt, ohnedies gewiß." In den letzten Jahren seines Lebens besserte sich übrigens seine pecuniäre Lage dadurch, daß er fremde Pensionäre in sein Haus nahm und mit seinen Knaben erzog. Mehr, als die äußere Noth, quälte ihn überhaupt die Sehnsucht nach befriedigender Thätigkeit, die seine ärztliche Wirksamkeit ihm nicht gewährte. Er fühlte sich mehrfach geistig und in Folge dessen auch körperlich so niedergedrückt, daß er nur durch gewaltsames Herausreißen aus seiner Umgebung sich für kurze Zeit neu stärken konnte.

Wenn in der eben geschilderten Hinsicht ein Schatten in Bippen's Wesen und Leben fällt, so bot ihm sonst ein günstiges Geschick und eigne verdienstvolle Thätigkeit Alles dar, was einen edlen Mann erfreuen und beglücken kann, und wenn ein Ersatz für den verfehlten Lebensberuf möglich ist, so ist er ihm geworden. Den reichsten und schönsten Trost in seinen äußeren und inneren Leiden fand er zunächst in einer geistig erregten, angenehmen Häuslichkeit und einem vorzüglich innigen, in jeder Hinsicht gesegneten Familienleben. Schon bald nach seiner

Niederlassung in Lübeck hatte seine Herzensneigung sich einer Tochter des als Rechtslehrer hochberühmten Präsidenten des Ober Appellations Gerichts der vier freien Städte Deutschlands, Georg Arnold Heise zugewandt und wurde von dem jungen Mädchen bald bemerkt und erwiedert. Als im Jahre 1837 seine Verhältnisse eine günstige Wendung zu nehmen schienen, wagte er im December beim Vater um die Hand der Geliebten anzuhalten. Der liebevolle und würdige Mann hatte anfangs Bedenken, schon damals seine Zustimmung zu geben, da er, so hoch er Bippen persönlich schätzte und auszeichnete, doch dessen Lebensstellung noch nicht für genügend gesichert hielt. Sobald er sich aber überzeugt hatte, daß die Liebe der beiden jungen Leute ernst und stark genug sei, um sie auch alle Entbehrungen und Opfer freudig mit einander tragen zu lassen, willigte er ohne weiteres Zögern ein und am Neujahrsabend konnte Bippen seine Emma den Eltern als Tochter zuführen. Am 9. October 1838 ward die Hochzeit gefeiert und der Grund zu einer ungewöhnlich glücklichen Ehe gelegt. Bippen war durchaus für's häusliche Leben geschaffen, ein sorgsamer, tief liebevoller, innig mitfühlender Gemahl, und seine Gattin vermochte mit seltner Kunst die strengste und aufopferndste Erfüllung der mannigfaltigen häuslichen Pflichten mit der lebhaftesten Theilnahme an allen geistigen Bestrebungen ihres Mannes zu vereinigen, der bei ihr stets die eingehendste Liebe und feinste Würdigung seiner literarischen Schöpfungen, wie seiner segensreichen öffentlichen Wirksamkeit fand. Acht Söhne, von denen aber zwei in zartem Alter starben, und zwei Töchter entsprossen Bippen's Ehe und er war gegen seine Kinder ein unbeschreiblich zärtlicher und treuer Vater, ein sorgsamer und einsichtsvoller Erzieher. Diese Kinderliebe hatte er von seinem eigenen Vater geerbt, und wie für diesen, war es auch für ihn die größte Freude, alle seine Lieblinge in buntem Leben und Treiben zu Hause um sich und an sich zu haben, singend, erzählend, spielend, allerlei entzückende Kurzweil treibend, oder mit der ganzen Schaar in Wald und Feld spazieren zu gehen und ihre Kräfte in rüstiger Fußwanderung zu üben. Auch für ihre geistige Ausbildung sorgte er mit der umfassendsten Rücksicht, half ihnen bei den Arbeiten in geschicktester pädagogischer Weise und suchte ihre inneren Anlagen auch sonst in mannigfachster Art zu wecken und zur Erscheinung zu bringen. Kein erquickenderes Bild, als ihn des Nachmittags nach dem Essen von 5—7 Uhr im Kreise seiner ganzen Familie behaglich ruhend zu sehen, namentlich im Winter, wenn er beim milden Schein der Lampe und fröhlich knisternden Feuer an der langen Tafel saß, rauchend und die Zeitung lesend, während die größeren Kinder arbeiteten, die kleineren spielten, bald die einen, bald die andern seine willige Hülfe in Anspruch nehmend. Nie freilich rühmte er gegen Fremde sein häusliches Paradies, als ob es durch eitles Lob entweiht würde, wie er denn auch über seine Kinder, so voll sein Herz von ihnen war, fast nie mit Andern sprach, selbst nicht mit seinen nächsten Freunden. Ueberhaupt suchte er die Unterhaltung stets von den Kleinigkeiten des alltäglichen Lebens und den individuellen Angelegenheiten auf große, allgemein interessante und bedeutsame Dinge hinzulenken und die kostbare Zeit zu benutzen, sich und Andere in wahrer geistiger Bildung zu fördern. Außerordentlich anregend und belebend war für ihn und die ganze Familie namentlich der Verkehr mit dem Schwiegervater Heise, der es auch liebte, im Sommer die Tochter mit den Kindern auf längere Zeit ganz in sein geräumiges, mit einem großen schönen Garten versehenes Haus aufzunehmen, wodurch natürlich auch Bippen sein täglicher Gast wurde. Nach Heise's Tode 1851 wurde es Bippen durch die Freundlichkeit seines Schwagers, des Senators Hach, möglich gemacht, jenes werthvolle Grundstück selbst zu übernehmen, das für die heranwachsenden Kinder den trefflichsten Spiel-, Turn- und Tummelplatz darbot. Mit practischem Sinn und tiefem Gemüth wußte er das neue Eigenthum, eine der Domherrn- curien an der Parade mit herrlichster Aussicht auf die alte Kathe- drale, zu hegen und zu pflegen, das in der Familie nach ihm den Namen „Wilhelmsthal" erhielt. Unter die mannigfachen Versuche, die intellectuellen Fähigkeiten der Kinder anzuregen, gehörte auch, daß er damals die beiden ältesten Knaben veranlaßte, wöchentlich ein kleines Familienblatt, „**Der Wilhelmsthaler Bote**" genannt, zu schreiben, das, mit seiner Unterstützung und in- dem die jüngeren Söhne allmählich in die Redaction nachrückten, elf Jahrgänge erlebte. Es lieferte, außer einer Familienchronik, kleine Aufsätze, Gedichte, Erzählungen u. dergl. und hielt den echt deutschen innigen Familiensinn fest.

Auch dies so lange reine und ungetrübte häusliche Glück Bippen's aber sollte durch einen schweren Schicksalsschlag zer- stört werden. Der fünfte Sohn, Otto, ein besonders hoff- nungsvoller, hochbegabter Knabe und daher gewissermaßen des Vaters Lieblingskind, an Geist und Gemüth früh gereift, fing in seinem zehnten Jahre an zu kränkeln und Bippen, der alle ärztlichen Hülfsmittel aufbot, mußte bald die Unheilbarkeit des Uebels erkennen und ihn rettungslos hinsiechen sehen. Nach zweijährigem Dulden starb der Knabe 1861. Es war herz- zerreißend, den sonst so starken und ergebenen Mann am Sterbebette dieses Kindes zu sehen. Immer wieder und wieder rief er den Scheidenden ins Leben zurück, bis er zum letzten Mal die Augen aufschlug. Der Nachruf, den er ihm weihte und der in der kleinen Sammlung nach Bippen's Tode erschienener Gedichte enthalten ist[1]), gehört zu den schönsten Liedern, die er geschrieben hat. Diesen Schmerz hat er übrigens nie verwunden; er zehrte an seinem Leben fort und ist ohne Zweifel zu den mitwirkenden Ursachen seines frühen Todes zu rechnen. Nur einmal schien er zu voller Heiterkeit und Kraft hergestellt, an seinem Silberhochzeitstage, 9. October 1863, den er, mit Beweisen der Liebe und Verehrung überhäuft, in ungetrübtester Wonne feierte und in ernster Rührung für den glücklichsten Tag seines Lebens erklärte.

So lange Bippen's Vater noch lebte, in den ersten Jahren seiner Ehe, fand er auch in dessen Hause einen erfreulichen Anhalt und herzerquickende Liebe. Aber plötzlicher Tod und schweres Unglück mehrerer andern Kinder erschütterten zu früh des sonst rüstigen Mannes Gesundheit und am 22. Februar 1841 erlag er nach kurzer Krankheit einem asthmatischen Leiden, von Allen, die ihn genauer gekannt hatten, schmerzlich vermißt. Der Sohn giebt ihm in einem Briefe das Zeugniß, daß er einer der trefflichsten, edelsten Männer gewesen, die er gekannt habe, ein Mann, der nur im Mitgefühl für Andere lebte und dem das Wort Egoismus völlig fremd war. Den 25. October 1846 folgte die Mutter dem Geschiedenen nach.

Wie für's Familienleben in seiner reinsten und edelsten

---

[1]) Zur Erinnerung an Wilhelm von Bippen. 21 Gedichte aus seinem Nachlaß. Weimar. Hermann Böhlau 1866.

Form, war Bippen auch für das Gefühl und Wesen der Freundschaft in ausgezeichneter Weise begabt. Mit tiefem und innerlichem Gemüth ergriff er jedes solche Verhältniß, das durch die Gunst des Glücks ihm zu Theil wurde, und hielt es mit unerschütterlicher Treue fest. Gerade, weil er diese gleichstrebende Harmonie zweier Seelen in ihrer vollen Seltenheit, Würde und Zartheit zu schätzen wußte, zeigte er sich wohl einmal leicht verstimmt oder gereizt, aber der neid- und selbstsuchtlose Edelsinn seiner Natur, die freie Größe seiner Gesinnung, die aufrichtige Beharrlichkeit seiner Neigung siegten bald über jede drohende Entfremdung und mußten die herzlichste Versöhnung herbeiführen. Gegen bejahrtere Freunde besaß er eine schöne Pietät, die er vielfach in Wort und That bewährt hat. Er selbst schreibt darüber in seinen Miscellaneen beim Tode eines jener geistigen Führer seines Lebens: „Daß das Erbtheil großer Todten den Nachlebenden bewußtes Eigenthum bleibe, dazu bedarf es der dankbaren Anerkennung des edlen Wollens, der nachempfindenden Empfänglichkeit für jenes dem Idealen zugewandte Streben, des selbstsuchtlos eingehenden Verständnisses in den Gedankenkreis eines fremden reichentwickelten Seelenlebens — der Pietät, welche willig und gerne sich der Abhängigkeit bewußt wird, welche durch der Vor- und Mitfahren Sein, Werden und Handeln den Nachfolgenden aufgelegt ist, einer Pietät, welche selbst da, wo ein unmittelbarer Gottesstrahl unsern Geist zu verklären scheint, dankbar und voll Ehrfurcht und Bewunderung derer gedenkt, welche unsern Sinn für das Empfängniß des Lichts vorbereitet, herangebildet und geschärft haben." Seinerseits forderte er aber auch von jüngeren Leuten Pietät und konnte eitle Anmaßung nicht dulden. Wo er bei einem jungen Manne, den er wirklich liebte, dergleichen fand oder ihn sonst tadelnswerth, auf falschem Wege glaubte, scheute er nicht vor einem heftigen Worte zurück, auf die Gefahr des Bruches hin, in der Ueberzeugung, daß der Getroffene, wenn er dessen werth sei, die ernst wohlwollende Gesinnung doch erkennen und versuchen werde, sich in seiner Achtung herzustellen. Uebrigens kam er in unsern, im Allgemeinen wenig belebten, nüchternen lüb'schen Verhältnissen, jedem geistigen Streben mit Freude entgegen und wußte auch das bescheidenste Maß von innerer Schöpfungskraft, Rührigkeit oder Charaktereigenthümlichkeit zu würdigen, so daß er mit den verschiedensten Leuten in gleich freundschaftlicher Art verkehren konnte.

Von Bippen's Universitätsfreunden war es Dr. med. Wilhelm Spieß, dem er vorzugsweise mit unwandelbarer Treue anhing und, wenn auch mit jahrelangen Unterbrechungen, brieflich alle seine Erlebnisse und Erfahrungen, seine höchsten Gedanken und innersten Empfindungen mittheilte. Aus dieser Correspondenz ist mir gestattet gewesen, manches über sein Seelenleben und seine Geistesentwickelung zu schöpfen. Unter den älteren Freunden in Lübeck ist der als Pädagog und classischer Philolog, wie auch als Dichter namhafte Director des Catharineums Friedrich Jacob vom größten Einflusse auf Bippen gewesen und hat lange Jahre seinem Herzen wohl am nächsten gestanden. Nach dessen Tode schreibt er tiefbetrübt im April 1854: „Mit Jacob habe ich hier den letzten Freund verloren, mit welchem ich innerlich zusammen lebte, der mir ein stets offenes und herzliches Vertrauen bewies, dessen Verstandesschärfe und Geistesreichthum mir täglich eine Stärkung meines eigenen Geistes war, während ich aus seiner unerschöpflichen Masse des

Wissens fortwährend Belehrung zu schöpfen vermochte. Was ich meinem über Alles geliebten Vater in Bezug auf Charakter und Gesinnung verdanke, das verdanke ich in Hinsicht auf geistige Entwickelung vor Allem meinem unvergeßlichen Schwiegervater und meinem theuern Freunde Jacob. Immer und immer wieder werde ich an meine großen Todten erinnert und, wenn ich mir und den Meinigen zum Troste auch einmal die Wallenstein'schen Worte recitire: „Nun, diese Sterne leuchten uns nicht mehr, fortan muß eignes Feuer uns erwärmen!" so fühle ich doch allzu sehr, wie viel ich verloren habe." Sein liebe- und mittheilungsbedürftiges Herz und seine Sehnsucht nach geistiger Anregung und Mitstrebung fanden bald einen wenigstens theilweisen Ersatz in dem vertrauteren Umgange mit dem Professor am Catharineum und Stadtbibliothekar Dr. Ernst Deecke, ausgezeichnet als Kenner und Forscher in lüb'scher Geschichte und Mundart, wie als Schulmann und Pädagog, 1848 Vertreter seiner Vaterstadt im ersten deutschen Parlament. Schon früher in mannigfachem Verkehr mit einander und von gegenseitiger Hochschätzung erfüllt, schlossen jene beiden Männer sich jetzt enger an einander und theilten namentlich ihre wissenschaftlichen und literarischen Bestrebungen. Auch dies Band wurde durch Deecke's unerwarteten Tod im April 1862 gelöst. Wie innig es gewesen, geht aus folgenden Worten Vippen's am deutlichsten hervor: „Der Verlust Deecke's ist ein neuer großer Riß durch mein Leben. Unersetzlich ist und wird er noch lange bleiben in dem, was er als Mensch, als helfender und rathender Freund, mit einem Herzen voll treuester Liebe, gewesen, und in dem, von Wenigen ganz Geschätzten, was er als Gelehrter mit seltenem Scharfsinn, klarstem Geistesblick und unverwüstlichem

Gedächtniß gesammelt, verarbeitet und geschaffen hat. Trösten muß uns, daß das Gute und Wahre, das durch sein Wirken zur zeitlichen Erscheinung kam, unvergänglich und ewig ist, wie alles Gute und alle Wahrheit, und der egoistische Schmerz, daß uns der allezeit helfende und hülfsbereite Freund entrissen, muß vor der Anerkennung des schönen Endes verstummen. Was mich betrifft, so weiß ich, wie viel ich ihm und durch ihn Gott zu danken habe." Mögen diese Zeilen das oben über Bippen's echten Freundschaftssinn Gesagte bekräftigen und erkennen lassen, wie sehr er sich vereinsamt fühlen mußte, als auch dies hoffnungsvolle Verhältniß zersprang — er fand keinen vollen Ersatz mehr dafür! Die poetischen Bestrebungen seiner letzten Jahre führten ihn vielfach mit dem ihm schon als Landsmann befreundeten Dichter Emanuel Geibel zusammen, der nach langjähriger Abwesenheit wieder anfing längere Zeit des Jahres in der Vaterstadt zuzubringen, und ich erinnere mich manches ernsten und fröhlichen Abends, wo wir, meist in Gemeinschaft des Herrn Robert Peacock, eines feinen Uebersetzers deutscher Dichtungen in's Englische und eines der ältesten Freunde Bippen's, dem er auch einen schönen englischen Nachruf gewidmet hat[1]), in den ehrwürdigen und gemüthlichen Räumen des Rathskellers zusammensaßen und das Gespräch sich um die höchsten Dinge bewegte, die des Menschen Brust erregen und sein Herz erschüttern.

Mannigfache Erholung schöpfte Bippen auf seinen nicht seltenen Reisen. Bei der aufregbaren Grundstimmung seines Gemüths war es mitunter für ihn ein dringendes Bedürfniß,

---

[1]) Lines written on Dr. von Bippen's burial day. Lübedische Blätter 1865 Nr. 53.

sich seiner Umgebung zu entreißen und neue Eindrücke von Natur und Menschen zu sammeln, oder alte liebe Erinnerungen in lebendiger Anschauung aufzufrischen. Lübeck hat überdies bisher so außer allem großen Weltverkehr gestanden, in seiner stillen Ecke des Vaterlandes, in seinen eigenthümlichen Verhältnissen, vom Zeitgeiste, vom Fortschritt der Wissenschaften und Künste, von den mächtigen Strömungen des nationalen und socialen Lebens wenig berührt, und es bietet selbst so dürftige geistige Anziehungspunkte dar, daß es für seine edleren Bürger unumgänglich nöthig ist, von Zeit zu Zeit sich in der Außenwelt umzusehen und umzutummeln, wenn sie nicht allmählich in immer engeren, beschränkteren Vorstellungen verkommen, auf überwundenen altfränkischen Standpuncten stehen bleiben, kurz gänzlich verphilistern wollen. Wippen hat dies tief schmerzlich gefühlt und mit ängstlicher Kraft dagegen gerungen, und so oft seine Mittel es irgend erlaubten, entrann er für kurze Zeit jenen Banden und suchte die Freiheit der weiten Welt wiederzugewinnen. Auch körperlich machte sich jener Druck bei ihm geltend und dies Reisen wurde ihm, selbst unter schweren Umständen, selbst zur Pflicht, um einer unheilbaren Zerrüttung seiner Gesundheit vorzubeugen. Leider konnte er selten Frau und Kinder mitnehmen; immer aber übte das Umherstreifen in frischer Bergluft und der Verkehr mit den verschiedensten Leuten den heilsamsten Einfluß auf sein ganzes Wesen. Bei seinem Geist, seiner lebendigen Auffassung, seinem neckischen Witz, seinen vielfachen Kenntnissen erregte er bald die Aufmerksamkeit der Mitreisenden, erweckte ihr Interesse und gewann ihr Vertrauen, so daß es ihm nie an hervorragenden Bekanntschaften fehlte und er leicht die erfreulichsten Verbindungen auch für längere Dauer anknüpfte.

Außer den schon erwähnten Jugendreisen machte er im Sommer 1837, noch mit dem Vater, einen Ausflug nach Helgoland, der ihn auch wieder in nähere Beziehung zu den Hamburger Freunden brachte. Im Herbste desselben Jahres ging er als Oberarzt des Lübeckisch-Bremischen Contingents mit den Truppen seiner Vaterstadt in das Uebungslager zu Falkenburg zwischen Oldenburg und Bremen, und da er Capitainsrang hatte, ward er sowohl bei der großherzoglichen Familie eingeführt, als auch mit manchen ausgezeichneten Officieren und ärztlichen Collegen bekannt. Ein Besuch in Bremen brachte ihn auch dort in die ersten Kreise. Eine größere Reise konnte und mußte er erst im September 1842 unternehmen, zu seinem Kummer ohne seine Frau. Er sah die Brandstätte des zerstörten Hamburg, eilte über Bremen und Westfalen nach Belgien, das mit seinem wunderbaren Gemisch germanischen und romanischen Lebens, mit seinen erhabenen Kunstschätzen, seinem brüsseler Klein-Paris einen nachhaltigen belebenden Eindruck auf ihn machte, und zog dann mit zwei Universitätsfreunden, die er verabredetermaßen in Cöln traf, das schöne Rheinthal aufwärts nach Mainz, wo die zehntägige Theilnahme an den Verhandlungen der Naturforschergesellschaft nach langer Pause einmal sein ganzes wissenschaftliches Interesse wieder in Aufregung brachte und ihn mit neuen Hoffnungen geistigen Fortschritts erfüllte. Einen Abstecher nach Heidelberg, der vielgeliebten Universitätsstadt, konnte er nicht unterlassen, dann kehrte er über Frankfurt und Göttingen im October heim, wie er selbst schreibt, „an Körper und Geist gekräftigt."

Sechs Jahre hindurch mußten — mit Ausnahme kleinerer Touren an die See und in die idyllischen Waldgründe Holsteins — die Wirkungen und Erinnerungen dieser Reise vorhalten, aber sie konnten es zuletzt nicht mehr. Bippen wurde von Jahr zu Jahr leidender; besonders war es sein Gemüth, das durch manche bittere Täuschung und durch viele Sorgen wieder sehr angegriffen war. Eine wehmüthig-sehnsüchtige Stimmung bemächtigte sich seiner und hielt ihn nieder. „Je älter ich werde", schreibt er 1847, „desto größer wird meine Sehnsucht nach einem stillen ruhigen Naturgenuß, desto geringer aber auch die Aussicht, diesen Wunsch je vollkommen befriedigen zu können. Doch murre ich darum nicht. Wer weiß, ob ich wirklich in der Ruhe, in der Befreiung von all den Sorgen und Verdrießlichkeiten, die Verhältnisse, Beruf und Charakter mir alltäglich bereiten, das Glück finden würde, das ich mir träume. Wer weiß, ob jene Sehnsucht nicht vielleicht nur die irdische Formel ist, unter welcher ich eine andere Ruhe, eine höhere Freiheit jenseits dieses Lebens suche." Da kam die große Aufregung des Jahres 1848 und riß ihn, bei seinem lebhaften politischen Interesse, zu fieberhafter Thätigkeit auf, so daß er nach dem Vorüberrauschen des ersten Sturmes sich gänzlich ermattet fühlte. Die Bitten der besorgten Frau und die Liberalität des Schwiegervaters drängten ihn endlich zu dem Entschlusse, in einem stärkenden Bade Erholung zu suchen, und er wählte Gastein. Im August nahm er von seiner Familie schmerzlichen Abschied und ging über Leipzig, Hof, Regensburg und Salzburg, das ihn ganz bezauberte, nach Ischl und Gastein, dessen Heilquelle und erlesene Gesellschaft auch ihm im höchsten Grade wohlthuend wurden. Die Rückreise führte ihn nach Wien, wo er acht Tage im buntesten Wirrwarr des Reichstags, der Deputationen, der Studentenlegion Selbstvergessenheit suchte und fand, und sich von neuem mit der Ueberzeugung durchdrang, daß von dem barocken

Völkergemische Oestreichs für Deutschland kein Heil kommen könne. Ueber Prag und Dresden erreichte er im September Hamburg, wohin seine Frau ihm entgegenkam, um zum ersten Male seit ihrer Ehe ein paar ganz sorglose, nur der Freude gewidmete Tage mit dem neugekräftigten Gatten zu verleben. Im Jahre 1852 endlich, als durch den Tod des Schwiegervaters seine Verhältnisse vorübgehend sich gebessert hatten, konnte Bippen sich die Freude, die längst heiß ersehnte, gewähren, mit seiner Frau und den vier älteren Kindern eine kleine Ferienreise zu machen, und zwar nach Hamburg, dem Harz und Berlin. Er hat sie in seinen Miscellaneen ausführlich beschrieben und man erkennt daraus recht, mit welcher sorgsamen Liebe und innigen Lust er dies kleine Unternehmen leitete und ins Werk setzte. Durch einen Zufall, als ärztlicher Geleiter einer gemüthskranken Verwandten, konnte er schon 1853 wieder reisen und seine Frau seinen Freunden in Tübingen, Stuttgart, Heidelberg, Göttingen und Weimar vorstellen. 1857 begab er sich zur Einweihung des Göthe-Schillerdenkmals nach Weimar, wo das Fest in erhebendster Weise verlief; dann nach München, dessen Kunstschätze er noch nicht kannte, und endlich zur Naturforscherversammlung nach Bonn. Weimar, das ihn aus manchen Gründen vorzüglich anzog, besuchte er schon 1859 wieder, und als Deputirter der Lübecker Schillerstiftung zu den Generalversammlungen der Allgemeinen Deutschen Schillerstiftung 1862 und 1864; doch kam er von letzter Reise tief erschüttert über die auch dies segensreiche Institut gefährdende Uneinigkeit der Deutschen zurück; um so mehr, da er im October 1863 als Deputirter der Bürgerschaft in Leipzig bei der nationalen Siegesfeier die schönsten Hoffnungen gefaßt hatte.

Aus der vielseitigen öffentlichen Thätigkeit Pippen's neben seinem ärztlichen Berufe heben wir zunächst seine **politische Wirksamkeit** hervor. In einem so kleinen selbständigen Gemeinwesen, wie dasjenige Lübecks im Laufe der letzten Jahrhunderte geworden ist, welches mit den stolzen Erinnerungen an seine einstige Größe und Herrlichkeit den Schatten der Freiheit und Würde auch heute noch eifersüchtig zu erhalten bemüht ist, wird nothwendig von jedem irgendwie hervorragenden Bürger eine vielseitige, freiwillige, uneigennützige Thätigkeit für's öffentliche Wohl verlangt, wie sie in größeren wohlgeordneten Staatswesen nur ausnahmsweise gefordert zu werden braucht. Der aus Rücksichten der Sparsamkeit gebotene Mangel an technisch gebildeten, praktisch erprobten, besoldeten Beamten zwingt die zu den verschiedenen Verwaltungsbehörden deputirten Bürger, sich, wenigstens oberflächlich, mit den in ihrem Ressort erforderlichen allgemeinen Kenntnissen, wie mit den einschlagenden speciellen, oft recht verwickelten Verhältnissen unserer Stadt vertraut zu machen. Die Sitzungen der Commissionen und Deputationen selbst, die Berichte, die Administration, Alles kostet Zeit und spannt die Kräfte der Betroffenen ungewöhnlich an. Dazu kommen die Vorsteherschaften der mannigfaltigen wohlthätigen Anstalten und gemeinnützigen Institute, deren Lübeck eine beträchtliche Zahl besitzt und bei denen die Wahl für die Leitung der Geschäfte auf eine verhältnißmäßig kleine Menge fähiger und williger Männer beschränkt ist. Endlich werden die Herren Abgeordneten noch durch die ziemlich häufigen Versammlungen der Bürgerschaft und namentlich des aus einem ganzen Viertel derselben bestehenden Bürgerausschusses ernstlich in Anspruch genommen, da sie bei der Vermengung städtischer und staatlicher Ver-

hältnisse die Obliegenheiten von Deputirten, ständigen Ausschuß-
mitgliedern und Stadtverordneten zugleich zu erfüllen haben und
in die minutiösesten Details eines kleinlichen Staatshaushaltes,
wie in die weitläuftigsten personellen Fragen einzugehen gezwungen
sind. Es liegt in dieser Art der Selbstregierung, die von dimi
nutiv republikanischen Verhältnissen unzertrennlich ist, unleugbar
ein kräftiger Ansporn zu tüchtiger Geistes- und Charakterbildung,
eine Mahnung an antike Bürgertugend, eine reiche Quelle des
Patriotismus und hanseatischen Selbstgefühls — nur ist unsere
Lage speciell eine solche geworden, daß das Feld der Thätigkeit
zu beschränkt ist, um jene edlen Keime zur Frucht zeitigen zu
können. Weder bietet sich die Gelegenheit, wirkliche Bürgertugend im Großen durch die That zu beweisen, noch können aus
unsern engen Zuständen weitsichtige Politiker oder höheren Aufgaben gewachsene Administratoren hervorgehen; die Liebe zur
Vaterstadt aber und die Freude an den eigenen Leistungen geht
unmerklich in Particularismus, Ueberschätzung des Heimischen,
Anhänglichkeit an veraltete Einrichtungen über. Zudem fehlt es
an patricischen Familien altererbten Reichthums und rüstigen
Rentiers, die geneigt wären, sich ganz dem Wirken für's Gemeinwesen zu widmen, so daß die öffentliche Thätigkeit durchweg —
selbst bei den kaufmännischen Senatoren — nur als Parergon
neben dem eigentlichen Geschäfte oder Berufe betrieben wird und
daher an allen Fehlern eines abspringenden Dilettantismus
leidet.

Unter solchen Verhältnissen mußte ein Mann wie Sippen
für unser Gemeinwesen von unschätzbarem Werthe sein. Schon,
daß die Praxis nur einen Theil seiner Zeit ausfüllte, wies ihn
auf eine politische Rolle hin, zu der Bildung und Charakter ihn

vorzüglich befähigten; seine große, zu Entbehrungen und Opfern stets bereite Uneigennützigkeit, neben einem edlen Ehrgeize, ließ ihm aber keine Wahl, auch die mühsamsten und beschwerlichsten öffentlichen Ehrenämter und Commissionen zu übernehmen. Nie schwankte oder zögerte er, wo er in irgend einer Weise ersprießlich für das Wohl der Vaterstadt wirken konnte, und wenn er auch einmal gehofft haben mag, in die Reihe der Senatoren aufgenommen und dadurch materiell unabhängiger gestellt zu werden, so trat doch ein solcher natürlicher und gerechtfertigter Wunsch ganz zurück gegen die echte bürgerstolze Freude an der vielseitigsten und eingreifendsten unbelohnten Thätigkeit. Was ihn aber für unser Gemeinwesen von einem höheren Gesichtspunkte aus ganz besonders werthvoll machte, das war sein allgemein deutscher, stets vorzugsweise auf das große Vaterland gerichteter Sinn, sein umfassender, das Kleine klein erkennender Blick, sein weites, über die Schranken der nächsten Umgebung hinaus mitempfindendes Herz und Gemüth. Bei der rastlosesten thätigen Liebe für die Vaterstadt und einer weisen Achtung vor ihren Eigenthümlichkeiten, erkannte er doch rückhaltlos die Nothwendigkeit ihres engeren Anschlusses an das Reich an, suchte ihre Interessen auf denen des Gesammtvaterlandes zu gründen, die trennenden Schranken niederzureißen. Unermüdlich hat er in Briefen an einflußreiche Freunde, wie in Zeitungscorrespondenzen, den viel verbreiteten irrigen, verläumderischen Vorstellungen über Lübecks Verkommenheit, geldsüchtigen Eigennutz, politischen und socialen Stillstand entgegengewirkt, auch das Verfehlte und Verschuldete im besten Sinne zu deuten gesucht und sich bemüht, durch sein eigenes Beispiel den Beweis zu liefern, daß reges geistiges Leben, edle feine Gesinnung und patriotisches Gefühl in Lübecks Bürgern nicht erloschen seien. So war er ein würdiger und kraftvoller Vertreter unserer Stadt in der Fremde und bei der diesjährigen Parlamentswahl würden sich wohl Aller Augen auf ihn zuerst gerichtet haben. Umgekehrt vertrat er nun aber auch die allgemein deutsche Sache wieder auf's tüchtigste in unsern Kreisen und ließ kaum eine Gelegenheit, selbst bei öffentlichen und privaten Festzusammenkünften, vorübergehen, ohne die Gesellschaft zu patriotischer Erhebung fortzureißen und die nationale Gesinnung zu stärken.

Fassen wir die politische Thätigkeit Bippen's etwas näher in's Auge! Die große Bewegung der dreißiger Jahre war, wie wir oben gesehen, an seinem jugendlichen Gemüthe noch ohne nachhaltigen Eindruck vorübergegangen; nicht so die erneute hoffnungsreiche patriotische Rührigkeit seit der Thronbesteigung Friedrich Wilhelm's IV. 1840. Die Nähe Schleswig-Holsteins, das bald ein Hauptheerd der Agitation wurde, zog auch Lübeck in den Kreis dieser Bewegung hinein, die hier im Norddeutschen Sängerfest 1844, noch mehr im Allgemeinen deutschen Sängerfest 1847 und endlich in der Germanistenversammlung im Herbst desselben Jahres ihren begeisterten Ausdruck fand. Letztere konnte schon geradezu als eine Art Vorparlament betrachtet werden, ließ aber nicht die Stürme ahnen, die im nächsten Frühjahr aus der Fremde hereinbrechen und das langsam gedeihende Werk der Einigung und Befreiung zu vergänglicher Blüthe zeitigen sollten.

Wie früher schon an der Stiftungsfeier der hanseatischen Legion 1838, am Norddeutschen Musikfest 1839 und am Guttenbergfest 1840, nahm Bippen auch an diesen Festen als Comitémitglied durch vielfache praktische Thätigkeit, durch Dichtungen und Reden, den regsten Antheil. Die Germanistenversammlung begann er in einem längeren schwungvollen Aufsatze zu schildern, der, leider unvollendet geblieben, später theilweise in die Biographie seines Schwiegervaters[1]) übergegangen ist. Der damaligen Richtung der edelsten Männer des deutschen Volkes sich anschließend, begeisterte sich Bippen für ein starkes erbliches Kaiserthum deutscher Nation unter preußischer Führung mit volksthümlichen, gemäßigten Institutionen. Diese Ueberzeugung hielt er auch in den revolutionärsten Wirren des verhängnißvollen Jahres 1848 unerschütterlich fest. In einem schon am 6. März concipirten Artikel für den Hamburger Correspondenten spricht er sie klar, scharf und unerschrocken aus und in demselben Sinne schrieb er am 12. März an Ernst Moritz Arndt, sich mit ihm an der Gründung eines gemäßigt liberalen Organs zu betheiligen, um die drohend anschwellende Bewegung in die rechten Bahnen zu lenken. Auch die kleine, in den Lübeckischen Blättern abgedruckte Brochüre: „Ueber politische Partheien" zeugt von seinem richtigen politischen Blick in die damalige Zeit- und Weltlage und wies prophetisch auf das hin, was nothwendig gewesen wäre, um die Revolution zu bändigen und zu erfolgreichem Siege zu führen. So freien Geistes, tolerant und echt liberal Bippen war, so blieb sein durchaus adliger Sinn stets der Demokratie abhold, die rohen Aeußerungen der entfesselten Pöbelwuth widerten ihn an und Umsturz und Wühlerei schienen ihm um so hassenswerther, da sie nach seiner Meinung zur Zerreißung und Machtlosigkeit des Vaterlandes führen mußten.

---

[1]) W. v. Bippen, Mittheilungen aus Heise's Leben. Halle 1852.

Im Ganzen erfüllte ihn der Gang der Ereignisse mit bitterm Schmerz: vergebens harrte er auf den Helden, der das wilde Roß bändigen sollte, den Fürsten, der mit kräftiger Faust die Zügel der Bewegung hätte ergreifen können. Friedrich Wilhelm zeigte sich schwach und unfähig, Gagern that den kühnen Fehlgriff, das Parlament verschleppte die Verfassungsfrage, die wüsten Elemente der Ochlokratie kämpften um die Vorherrschaft. Bippen mußte, wie oben erwähnt, nach Gastein ins Bad gehen, um sich aus seiner Aufregung und tiefen Verstimmung herauszureißen und die erschütterte Gesundheit wiederzugewinnen.

Bemerkenswerth ist es, wie er auch in den trüben Jahren der Reaction, der allgemeinen Abspannung, des Preußenhasses 1850—60, an seinem alten Programm festhielt. Nie verläugnete er seine begeisterte Anhänglichkeit an ein gemäßigtes preußisch-deutsches Kaiserthum. Selbst der Nationalverein schien ihm, und wie das jüngst verflossene Jahr gezeigt hat, mit Recht, verdächtig, weil bei einem großen Theil seiner Mitglieder die preußische Spitze zu wenig aufrichtig gemeint war. Bippen schreibt unter anderm am 16. Februar 1862 an einen süddeutschen Freund: „Daß Du Dich von der überall, besonders aber in Süddeutschland grassirenden Modekrankheit des Antiborussismus freihältst, freut mich. Es ist wunderbar, mit welcher Vorliebe, ja Schadenfreude, selbst ehrliche und einsichtsvolle Vaterlandsfreunde jeden Fehler und jegliche Schwäche Preußens hervorheben und durch kleinliche Kritik, wohl gar durch hämische Verdächtigung die kaum sich regenden Sympathien für Preußen stets sofort wieder untergraben. Will Jeder erst vorsichtig abwarten, wie Preußen ohne Mitwirkung des übrigen Deutschlands sein Blut, sein Geld und seine Geisteskraft zur Herstellung eines alle Wünsche befriedigenden Musterstaates hergegeben hat, so wird das Problem ungelöst bleiben, das in freiwilliger Unterordnung unter die reale Macht des größten reindeutschen Staats eine Vereinigung des Ganzen erzielt. Selbst der Nationalverein scheint nicht einzusehen, daß Preußen nur durch den Zutritt der Kraft und der Intelligenz, welche ganz Teutschland bietet, so gestärkt und befestigt werden kann, wie erforderlich ist, um unserm Vaterlande die seinem Culturzustande entsprechende Freiheit und Regierungsform zu verschaffen und zu verbürgen. Dem von Gliederschmerzen gefolterten Oestreich, dem katholischen Baierlande und der römisch-pfäffischen Dynastie Sachsens kann man es wohl nicht ganz verdenken, wenn sie gegen den weltlich und kirchlich sich geltend machenden Germanismus Preußens aukämpfen, aber diese kleinstaatliche Eifersucht der Grafen von Teck und der blödsinnige Antagonismus des Welfenfürsten sind wahrhaft ekelerregend, Anderer gar nicht zu gedenken, die nur mitwürzburgern, um mitgenannt zu werden." Diese aus vielen ähnlichen herausgegriffene Stelle mag Plippen's hervorragenden politischen Blick für die Gesammtverhältnisse unseres deutschen Vaterlandes und seine patriotische Gesinnungstreue bekunden.

In Lübeck waren die Vorarbeiten zu einer neuen Verfassung des kleinen Staats bereits in den Vorjahren so gefördert worden, daß dieselbe beim Beginn der 1848er Unruhen nur, mit geringen Modificationen, publicirt zu werden brauchte. Nach derselben wurde Plippen vom Stande der Gelehrten in die Bürgerschaft gewählt und verfocht auch in dieser, wie in der vaterstädtischen Presse, z. B. in einem Artikel der Lübeckischen Blätter „über die Selbstergänzung des Senats", energisch seine gemäßigten und vermittelnden Ansichten. Als noch im Laufe des Jahres statt der ständischen die allgemeine Wahl eingeführt ward, wurde er, trotzdem er sich auf's bestimmteste gegen diesen Wahlmodus erklärt hatte und selbst sich der Wahl enthielt, doch wieder als Wahlcandidat aufgestellt und 1849 in die neue Bürgerschaft gewählt, deren Mitglied er, durch Wiederwahl 1853 und 1859, bis an seinen Tod geblieben ist. Allmählich fügte er sich in die bestehenden Verhältnisse und suchte auf dem gegebenen Grunde fortzubauen. Jahrelang wurde er dann fast in jede wichtigere Commission gewählt und hatte in der Regel, seiner Federgewandtheit und Redegabe wegen, noch die Aufgabe des schriftlichen und mündlichen Berichterstatters zu zu erfüllen. Seine scharfe Auffassung, unparteiische Gerechtigkeit und vielseitige Erfahrung erwarben ihm endlich 1859 auch die Ehre, zum Wortführer des Bürgerausschusses erkoren zu werden, welches Amt er 1861 mit dem des Wortführers der Bürgerschaft vertauschte, 1863 aber von Neuem übernahm. Im selben Jahre wählte ihn, wie oben erwähnt, die Bürgerschaft zu ihrem Deputirten bei der Leipziger Schlachtfeier. So hatte er die höchsten bürgerlichen Ehrenämter seiner Vaterstadt erreicht und damit die schönsten Beweise allgemeiner Achtung und allgemeinen Vertrauens erhalten. Ihm ist, dank seiner einflußreichen Stellung, ein großer Theil der Erfolge unserer inneren und äußeren Politik im letzten Jahrzehnd seines Lebens zuzuschreiben; fast an allen den zahlreichen Umgestaltungen unserer Gesetzgebung, unserer administrativen Einrichtungen, unserer socialen Verhältnisse war er direct oder indirect betheiligt und legte seine gewichtige Stimme für eine versöhnliche, milde und gerechte Lösung in die Wagschale; es würde zu weit führen und die Grenze dieser Schrift überschreiten, seine Verdienste auch nur um diese oder jene Frage im Einzelnen eingehend zu erörtern. Die Gesammtwirkung ist in frischer Erinnerung und wird lange unter uns fortleben.

Neben dieser **parlamentarischen** Thätigkeit wurde Bippen auch noch als **Bürger** zu verschiedenen städtischen **Commissionen und Deputationen** zugezogen, in denen er namentlich für das **Armenwesen** thätig war. Als Armenarzt war er mit den gesundheitswidrigen Zuständen unserer Armenwohnungen in den engen, dumpfen und unreinen Gängen der Stadt genau bekannt geworden, hatte die Summe von Elend, Noth und Seuchen, die dort aufgespeichert war, abschätzen gelernt und bei seinem leicht erregbaren Gemüth und menschenfreundlichen Sinne durch Wort und That zur Verbesserung der Lage jener Unglücklichen nach Kräften beigetragen. Als Mitglied der Commission zur Revision des Regulativs der Centralarmendeputation, als Deputirter bei dieser selbst und bei der **Steuerdeputation** konnte er jene Erfahrungen bestens verwerthen und mit Erfolg auf Abstellung der schlimmsten Uebelstände bringen. Auch im **ärztlichen Verein**, dessen Secretär und zweimaliger Präses er war, wirkte er in derselben Richtung, indem er bei der Erforschung des Zusammenhangs jener Gangwohnungen mit dem wiederholten epidemischen Auftreten der asiatischen Cholera eifrig thätig war und an der Berathung der nothwendigen Vorbeugungsmittel sich regsam betheiligte. Das Armenwesen lag ihm überhaupt sehr am Herzen und seine Miscellaneen zeigen, wie ihn die Versuche zur Hebung der niederen Classen lebhaft bewegten.

Eine unentbehrliche Ergänzung ferner zu unserm politischen

öffentlichen Leben bildet seit 70 Jahren die 1789 gegründete, aus einem ursprünglich literarischen Verein hervorgegangene Gesellschaft zur Beförderung gemeinnütziger Thätigkeit. Sie vereint in ihrer Mitte die Elite unserer gelehrten und nichtgelehrten Welt, hält im Winter, ihrem Ursprunge getreu, durch allwöchentliche wissenschaftliche Vorlesungen ihre Mitglieder zusammen und hat eine größere Anzahl gemeinnütziger Institute, Schulen, Sammlungen, eine Sparcasse 2c. aus sich hervorgehen lassen, die sie mit ihren nicht unbedeutenden Mitteln erhält oder wenigstens unterstützt. Ohne Almosen zu geben, denn eigentliche Wohlthätigkeit ist von ihren Zwecken grundsätzlich ausgeschlossen, hat sie überall da segensreich für's öffentliche Wohl eingegriffen, wo die Mittel und Kräfte des Staates nicht ausreichten oder derselbe, nach seiner bisherigen Organisation, empfindliche Lücken in der socialen Gestaltung unseres Lebens übrig ließ. Manche ihrer Institute konnte sie später an die erweiterte und gekräftigte Staatsverwaltung abgeben, andere sind aus ihrer Machtsphäre zur Selbständigkeit erwachsen, immer aber hat sie sich bemüht, diese älteren Schöpfungen durch frische zu ersetzen, und so ist sie noch immer der Weg, auf dem die praktischen und socialen Entdeckungen und Versuche der Neuzeit am leichtesten Eingang in unser Gemeinwesen finden. Auch auf das Staatsleben hat sie fördernd rückgewirkt und der freiere Geisteshauch, der unsere Verfassung und Presse geschaffen, ist von ihr ausgegangen. In diese Gesellschaft nun trat auch Bippen alsbald nach seiner Niederlassung in Lübeck ein und war in ihr mannigfach wirksam. Sechs Jahre war er Vorstand der Rettungsanstalt für im Wasser Verunglückte, ebenso lange des Taubstummen- und Blinden-Instituts, wie der zweiten Kleinkinderschule, zwölf Jahre Mitglied des Vereins für Lübeckische Statistik. Endlich, 1862, wurde er zum höchsten Ehrenposten, dem des Directors der Gesellschaft, erwählt, und mitten unter großen Entwürfen zu einer Reform derselben und Erbauung eines neuen, geräumigeren, zu gemeinsamer Aufnahme der Schulen und Sammlungen geeigneten Gesellschaftshauses raffte ihn der Tod hinweg. Auch zwei Vorlesungen hat er 1853 und 1854 in der Gesellschaft gehalten unter dem Titel: „Aphorismen über Leben und Liebe", in deren erster er seine geistreichen, aber eigenthümlichen Ansichten über die Welt als ein organisches beseeltes Ganze entwickelte und den naturgesetzlichen Auf- und Niedergang des menschlichen, wie menschheitlichen Lebens in großen treffenden Zügen vorführte, während er in der zweiten die aus der Vielartigkeit der Triebe und Anlagen hervorgehende Mannigfaltigkeit der Lebensverhältnisse beleuchtete und durch die vom inneren Beruf, der Liebe im weitesten Sinne, bedingte Stufenreihe der Stände bis zum höchsten, bewußten und unbewußten Streben nach dem Göttlichen aufstieg. Zu einer dritten Vorlesung über dasselbe Thema, die unvollendet blieb, finden sich Disposition und zerstreute Gedanken in seinen Collectaneen.

Fast unbegreiflich scheint es, wie Bippen neben dieser vielfachen ernsten Thätigkeit in dem letzten Jahrzehnd seines Lebens noch die Zeit zu einer ausgebreiteten literarischen Production erübrigen konnte. Erklärlich wird dies nur, wenn man bedenkt, daß er eine ganz wunderbare Leichtigkeit des Gedankenzuflusses, des Styls und der Versification besaß. So schrieb er die 1846 als Flugblatt erschienene Antwort auf Emanuel Geibel's „Ruf von der Trave" in einer Nacht nieder; Hochzeitsgedichte, dramatische Polterabendscherze, überhaupt Gelegenheitspoesieen flossen ihm fast improvisirt aus der Feder; er wußte selbst, daß ihm das unmittelbar Hervorquellende am Besten gelang, nie fehlte ihm Gemüth und Laune. Ich habe schon früher darauf aufmerksam gemacht, wie spät die poetische Ader in ihm aufsprang, wie erst in reiferen Jahren der Trieb zu größeren dichterischen Schöpfungen sich selbstbewußt in ihm gestaltete und ihn fortriß. Die große Lücke, die in seinem Geistesleben der Tod Friedrich Jacob's hervorbrachte, seines vertrautesten und tiefsinnigsten Freundes, war es eigentlich, die ihn zur poetischen Production zwang. Was er früher im Laufe des geistreichsten, tiefgehendsten Gesprächs mit dem Herzensfreunde ausgetauscht hatte, das mußte er jetzt in harmonischer Schönheit, in vollkommnerer Form dichterisch offenbaren; alle die reich gesammelten Schätze seines Innern drängten auf einmal an's Licht, der gelöste Strom fluthete in hohen Wogen dahin. Die dramatische Form war es vorzugsweise, in welcher sich die Gestalten seiner Phantasie ihm erschlossen, es war die dialogische Macht der Rede, die ihm in hervorragender Weise zu Gebote stand. Bald wagte er sich auch mit seinen Schöpfungen vor's Publikum. Im Jahre 1857 erschienen in der Dittmer'schen Buchhandlung in Lübeck zwei Bändchen seiner Bühnenspiele unter dem Pseudonym "Gotthelf Weiter", enthaltend ein fünfactiges Drama: "Karl Martel", eine dreiactige Oper: "Gunda", und einen fünfactigen Schwank: "Die fahrenden Schüler". In seinem Nachlaß finden sich noch zwei fünfactige Dramen: "Das Mädchen von Weinsberg", geschrieben 1856, und "Der Winterkönig", 1857, ein einactiges Lustspiel: "Der Liebe Irrfahrt" und zwei dreiactige komische

Opern: „Das Johannisfeuer" und „Das Schwalbennest", sowie eine größere Zahl dramatischer Scherze, meist bei festlichen Gelegenheiten in Scene gesetzt. Die deutschen historischen Schau=
spiele sind durchaus patriotisch, von der edelsten vaterländischen Gesinnung durchhaucht; die Fabel glücklich erfunden, die Hand=
lung lebhaft bewegt, die Charaktere scharf und klar gezeichnet, die Sprache würdevoll und geistreich. Auch im eigentlich Dra=
matischen offenbart sich ein großes Talent, hin und wieder ist die Exposition vortrefflich, einzelne Scenen sind von überwäl=
tigender Macht, manche Verwicklung genial geschürzt und gelöst — dennoch liegt hier die bedeutendste Schwäche der Dichtungen, die sie bei aller poetischen Schönheit nicht auf die Bühne kommen ließ und auch ihre Wirkung auf's lesende Publikum beeinträchtigte. Bippen kam leider zu spät zum Dichten und ihm fehlte die unentbehr=
liche Einwirkung einer großen Bühne, die dramatische Erfahrung, die durch kein Genie ersetzt werden kann. Zwar beschäftigte er sich auch praktisch mit Hebung unserer lüb'schen Bühne und seine über diese Tagesfrage bei H. G. Rathgens 1857 er=
schienene Brochüre hat zum Neubau des Theaters geführt, doch freilich ohne den inneren Werth desselben zu heben. Er war zu alt zum Lernen von unten auf und vermochte die äußerlichen Ge=
setze der dramatischen Form in ihrer Bedeutung für den thatsäch=
lichen Erfolg nicht zu würdigen. So wandte er mit Schmerzen nach kurzer Blüthezeit dieser Production den Rücken und suchte sich andere Gebiete von weniger schwieriger Darstellungsart auf. Zum Abfassen der Operntexte wurde er durch seine Freund=
schaft mit dem ausgezeichneten Musiker und Componisten Gott=
fried Herrmann veranlaßt, der früher Capellmeister in Son=
dershausen, später als Musikdirector nach Lübeck berufen worden

war. Außer Ouvertüren und einzelnen Instrumental- und Gesangpiecen ist leider auch von diesen Compositionen noch nichts an die Oeffentlichkeit getreten. Vorzüglich ergiebig war Bippen's humoristisches Talent: er erging sich leidenschaftlich gern in Scherzreden, launigen Zwiegesprächen, harmlosen oder satirischen Neckereien; auch das Gebiet der Wortspiele und Spottreime beherrschte er in hohem Grade, ein unerschöpflicher Schatz guter Laune und geistreicher Beziehungen stand ihm zu Gebote. Auch ergötzliche Verkleidungen, Masken, komische Verwicklungen und Ueberraschungen liebte er sehr. Das zeigt sich nicht nur in den zahlreichen Gelegenheitspossen und den komischen Opern, sondern auch in einzelnen Partieen der ernsteren Dramen, namentlich aber in dem großen Schwank der fahrenden Schüler, nur daß derselbe, der im Einzelnen wunderbar schöne Aperçus enthält, vielleicht im Ganzen etwas zu bunt und toll ist und durch zu große Länge ermüdet. Bei allen diesen Umständen ist es höchlichst zu bedauern, daß Bippen nicht die Kraft und Selbstüberwindung gehabt hat, energisch umzugestalten, noch die Ausdauer, diese Kunst der allmählichen Vervollkommnung zu lernen. Bei bühnengerechter Zustutzung und einiger den dramatischen Bau und Effect glücklich berücksichtigenden Nachhülfe hätten manche seiner Werke von durchschlagendem Erfolge sein müssen. Immerhin legen sie das rühmlichste Zeugniß seines hohen geistigen Strebens und seines edlen Charakters ab und die Bürger Lübeck's haben Ursache, auch in dieser Hinsicht stolz auf ihn zu sein.

Vor den höchsten Aufgaben der Poesie zurückweichend, widmete Bippen sich in den letzten Jahren seines Lebens litterargeschichtlichen Studien und zum Schillerjubiläum 1859 erschienen die „Eutiner Skizzen" bei Hermann Böhlau in Weimar, die ihm, wenn er auch selbst äußerst bescheiden über sie urtheilte, eine gewisse Geltung in der gelehrten Welt errangen. Sie schildern, nach zum Theil bisher unbekannten handschriftlichen Quellen, das geistige, wie auch äußere Leben des im letzten Viertel des vorigen Jahrhunderts blühenden niedersächsischen Dichterkreises, dessen Mittelpunkt das kleine oldenburgische Landstädtchen Eutin im östlichen Holstein war, wo Voß als Rector wirkte und Stolberg sein Schloß zum Musentempel erhob. Mit umfassender Kenntniß eröffnet Bippen aus diesem Kreise heraus weitere Ausblicke in die allgemeine Culturgeschichte jener Gegenden, in das Verhältniß jenes Stilllebens zum großen Ganzen der deutschen Literaturgeschichte, die Beziehungen jener Männer zu ihren bedeutenderen Zeitgenossen und Mitstrebenden, und verfolgt ihre Schicksale kurz auch nach der Zersprengung jenes glücklichen Cirkels. Bippen schrieb eine gewandte, belebte, schöne Prosa und das Buch ist auch in stylistischer Hinsicht beachtenswerth. Durch den Erfolg ermuthigt und in seiner Neigung zu literarhistorischen Studien bestärkt, wählte sich Bippen einen verwandten Stoff, das Leben des Chevalier Charles de Villers, eines geborenen Lothringers, der, französisch erzogen und als Emigrant mit deutscher Bildung durchdrungen, im Anfang dieses Jahrhunderts, wie Frau von Staël und Benjamin Constant, mit denen er auch befreundet war, in einer Reihe von Schriften die Franzosen mit dem geistigen Leben Teutschlands und den großen Resultaten der deutschen Theologie und Philosophie, den erhabenen Schöpfungen der deutschen Literatur bekannt zu machen suchte. Villers lebte, ehe er unter dem Regime Jerome's Professor in Göttingen wurde, längere Zeit in Lübeck bei seiner gelehrten Freundin, der Bürgermeisterin Rodde,

Doctorin der Philosophie, einer Tochter des Geschichtschreibers Schlözer, und hatte ein besonderes Interesse für die Hansestädte gefaßt, die er mit Wort und Schrift in der kritischen Zeit von 1806—14 vertheidigte und in ihrer Selbständigkeit zu erhalten sich bemühte. Sein Andenken lebt in Lübeck noch heute in dankbarer Erinnerung fort und war 1855 von Herrn Pastor Klug durch einen Vortrag in der Gesellschaft zur Beförderung gemeinnütziger Thätigkeit aufgefrischt worden. Bippen fand bei seinen Forschungen bald einen ungeahnt reichen Schatz von Correspondenzen Villers', die seine Rolle als Vermittler deutscher und französischer Cultur außerordentlich erhöhten, und er vertiefte sich mit größter Liebe und Sorgfalt in die mühsame Arbeit, die leider bei seinem Tode unvollendet zurückblieb und bis jetzt keinen Fortsetzer gefunden hat.

Die große Schillerfeier, deren Präses Bippen war und die er in würdigster Weise zur Ausführung brachte, veranlaßte auf sein Anregen auch die Gründung einer Lübeckischen Zweig-Schillerstiftung und mit dieser verband er zur Belebung und Verbreitung ästhetischen Interesses einen Schillerverein, der auf 200 Mitglieder anwuchs und den er gleichfalls bis an seinen Tod leitete. Derselbe hält noch jetzt in den Wintermonaten je eine Versammlung mit literarischen, declamatorischen und musikalischen Vorträgen, an die sich ein zwangloses gesellige Zusammensein anschließt. Schiller's Geburts- und Todestag sind in der Regel durch größere Feierlichkeiten oder dramatische Aufführungen von Mitgliedern des Vereins ausgezeichnet worden. Auch hierbei zeigte Bippen eine unermüdliche Thätigkeit der Anregung, der Herbeiziehung neuer Kräfte, des Zusammenhaltens der vorhandenen und der geselligen Unter-

haltung. Wie früher erwähnt, vertrat er auch stets die Lübeckische
Zweigstiftung auf den Generalversammlungen und nahm an dem
inneren Zerwürfnisse der Stiftung 1864 den tiefsten, schmerzlich-
sten Antheil. Ein ehrenvoller Nachruf des Vorsitzenden feierte
sein Andenken und seine Verdienste um die Gesammtstiftung in
der Generalversammlung vom Juni 1865.

Wer die geschilderte vielseitige, mit den Jahren zunehmende
Thätigkeit Bippen's überschaut, wird sich nicht wundern, wenn
seine an sich nicht starke Gesundheit allmählich den übermäßigen
Anstrengungen und Aufregungen unterlag. Seit Jahren wurde
er von bedenklichem, namentlich nächtlichem Husten geplagt, ohne
daß er, der stets die strengsten Anforderungen an sich stellte,
irgend welche Schonung geübt hätte. Am 29. März 1865 über-
fiel ihn plötzlich auf der Straße ein Blutsturz. Da er für den
Abend in seinem Hause einen kleinen Ball arrangirt hatte, wollte
er seiner Familie und seinen Zöglingen diese voraussichtlich
letzte Freude vor seinem Tode nicht stören und verhehlte den
Anfall bis zum folgenden Morgen. Sieben Wochen litt er noch
mit der edelsten Ruhe und Gottergebenheit — an Rettung war
nicht zu denken. Sein langjähriger Freund und College, der
Physicus Dr. Pabst pflegte ihn mit größter Aufopferung. Frau
und Töchter wetteiferten mit den anwesenden Söhnen, ihm die
Schmerzenstage zu erleichtern. Der Geist des Kranken blieb
rastlos thätig; die Nächte durch, oft auch am Tage phantasirte
er nicht selten in genialer Weise; hin und wieder hatte er ganz
klare Stunden, suchte auch aufzustehen. Am 17. Mai entschlief
er. — Die Trauer in der Stadt war groß. In würdigster
Weise hielt ihm Senior Dr. Lindenberg die Grabrede. Deputationen der verschiedensten Behörden und Vereine, zahlreiche

Freunde und Verehrer geleiteten seine irdischen Ueberreste zur schlichten Ruhestätte. Alle waren überzeugt, einem der edelsten und verdientesten Bürger der Vaterstadt, einem geistvollen und guten Manne, einem rastlosen Kämpfer für alles Große und Schöne die letzte Ehre erwiesen zu haben.